TERRES ÉTRANGES

EN
TERRES ÉTRANGES

Fortuné CHALUMEAU

DU MÊME AUTEUR

Le Chien des Mers, roman (Grasset, 1988 et Poche, 1992)

Pourpre est la mer, roman (en collaboration avec Alain Nueil)
(à paraître aux Editions Eboris)

© CODA-BOMPIANI EBORIS S.A.
32, rue de Malatrex — CH-1201 Genève

AVERTISSEMENT

Ici aux Antilles, les vieilles gens ont pour coutume de distiller dans les jeunes oreilles qui les écoutent des «contes du temps-longtemps». Certains, les plus plaisants, sont tout à fait crédibles (découverte d'un trésor, par exemple) mais la plupart sont invraisemblables tant la trame en est parfois horrible. Récits de pillage et d'escroquerie en tout genre; drames de famille dans lesquels frères et sœurs ou oncles et neveux se disputent les héritages et règlent leurs différends à coups de coutelas ou de fusil, s'aidant au besoin du poison et de la médisance; meurtres et maladies ataviques (démence surtout) — toute une chronique dont certains épisodes sont passés dans la légende.

Parmi les récits qui suivent, plusieurs puisent leurs sources dans un passé plus ou moins tumultueux et lointain. Deux d'entre eux, en particulier, *Le Naufrageur* et *Une soirée à Woodland Manor*, sont à cet égard exemplaires.

Le Naufrageur est l'histoire d'une vengeance familiale et d'accaparement d'héritage dont on entend des échos, avec des variantes, à la Martinique et à la Barbade. Ainsi, les visiteurs du *Sam Lord's Castle*, un fort bel hôtel de la Barbade, peuvent en avoir un aperçu en consultant les guides et brochures touristiques de l'île. L'histoire du *Yare* et des «documents du requin», rapportée dans *Une soirée à Woodland Manor,* est celle, bien évidemment romancée, du brick *Nancy*, capitaine Thomas Briggs, que relate Algernon E. Aspinall dans son guide de poche des Antilles (Londres, 1910) d'après les écrits de Frank Cundall, secrétaire à la Culture de l'Institut. Il existe vraisemblablement plusieurs versions de ce récit en tout point étonnant. Les documents du *Nancy* trouvés dans l'estomac d'un requin seraient conservés (d'après Algernon Aspinall, qui en donne une photo) à l'Institut de la Jamaïque, et la tête du requin «avaleur» au British Museum, à Londres.

Pour le reste, le lecteur voudra bien se souvenir qu'«il n'y a jamais de fumée sans feu».

Le silence, ainsi que la nuit,
permet de tendre des embûches
Francis Bacon

UNE HISTOIRE BIEN ROMANTIQUE

(Script en deux actes pour le théâtre des Ombres)

– Acte 1 –

[Une caméra projette sur le fond de scène les images d'un homme aux tempes grisonnantes et d'un jeune homme très blond. Tous deux sont en slip, ils ont le torse nu. Ils se trouvent sur une belle pelouse d'où la vue s'étend au loin dans les terres. La lumière est celle d'une fin d'après-midi. Ils sont amis, cela se voit à leur attitude. Le jeune homme est allongé sur le ventre; à leurs côtés, en désordre, leurs vêtements, chemises et pantalons. Assis à califourchon sur les fesses du plus jeune, l'homme lui masse avec application le dos et les épaules: son expression montre combien il apprécie ce moment. Puis le jeune homme change de position, et se retourne. Ses paupières sont abaissées. L'homme continue son massage par les bras, les jambes… Soudain, le garçon rouvre les yeux, repousse le masseur non sans brusquerie et se met debout. Il ramasse sa chemise et son blue-jean, qu'il enfile. Il a l'air fâché… L'homme est estomaqué, ses traits se sont figés.]

— J'en ai marre, Richard… Ça suffit! Je te l'ai dit: d'accord pour me masser, mais pas plus. C'était bien convenu entre nous.

— Mais enfin, Danny, que t'arrive-t-il!? Je… Je ne comprends pas…

— Eh bien, tâche de comprendre! lâche-t-il avec brutalité. Allons, je dois rentrer… Tu me ramènes?»

Son ton s'est radouci.

«Puis-je m'expliquer? C'est important, tu comprends?

— Non, il n'y a rien à ajouter. Ce qui est fait est fait. On s'en va?»

(Stop images. La lumière décline, et s'éteint. Musique. Presque aussitôt la lumière revient, le décor est identique. Il est environ dix-sept heures.)

[L'homme aux tempes grisonnantes et le jeune homme très blond au regard lumineux sont face à face, assis dans des fauteuils. Ils sont vêtus de bleu et de blanc. Danny est pâle et crispé. Richard non plus n'est pas très à l'aise: il sait qu'à cause de sa bévue, leur entente est gravement menacée. Il est seul. Et il ne veut pas perdre Danny, son affection. A partir d'une ombre qu'il fait resurgir de son passé, il va tenter de se disculper…]

(Richard tend à Danny une photo:)

«Tiens! Danny: regarde. Tu vois ce garçon… Il est très beau, n'est-ce pas? Il s'appelle Steve. Il est de nationalité américaine. Que crois-tu qu'il soit pour moi?

— …

— C'est mon fils, dit Richard avec émotion. Je ne l'ai vu qu'une seule fois. Mais cette rencontre m'a marqué à jamais. Je te raconte ce que je n'ai raconté à personne, même pas à Chris et à Nina qui sont les personnes qui ont été les plus proches de moi. Je t'ai fait des tas de confidences importantes: tu sais combien tu comptes pour moi. Steve a dix-huit ans sur cette photo. Il y a deux ans, tu le sais, j'ai publié un bouquin qui a été remarqué. A sa sortie, Steve et sa mère se trouvaient à Paris. La radio, la télé en ont parlé… Il a entendu mon prénom, que j'habitais les Antilles… Il ne savait rien que deux choses de moi: mon prénom, et que j'habitais les îles. Le déclic… Il se rend chez mon éditeur. Il est jeune, il est beau. Et il a du culot. L'attachée de presse lui communique mon adresse et mon numéro de téléphone. Il m'appelle de Paris: «Un jeune admirateur» de passage aux Antilles peut-il me rencontrer chez moi, à la Martinique?…

(L'homme marque une pause et plonge son regard dans les yeux verts qui le jaugent.)

«A l'époque, j'étais encore rempli d'orgueil. La fierté a toujours été mon lot… Plutôt crever que de s'aplatir! Telle était ma devise — l'une de mes devises. Depuis, j'ai changé.»

(La nuit tombe doucement. Un temps de silence. Musique. L'homme continue de parler. Sa voix est sourde.)

«Scarlett… C'est le nom de sa mère. Faut le faire, non… s'appeler Scarlett! Elle avait vingt-cinq ans. Jeune, élégante, jolie. Elle vivait avec un cadre commercial, très BCBG: Patrick. Un beau couple. Mais à l'époque, Scarlett a une idée fixe, une plaie secrète… Son «ami» ne peut avoir d'enfant; or elle en veut un, obstinément. Elle cherchait un «type». Et nous

nous rencontrons. En chatte habile, Scarlett miaule et prend la pose — et que fait le matou énamouré, ton serviteur? Il se rengorge, l'animal, puis s'allonge en toute unissonnance... Un mois. Deux mois, quinze jours de plus, et puis... «Bye-bye» griffe un soir la chatte sur un bout de papier bleu. Elle est partie aux Etats-Unis. Sans Patrick mais pas toute seule. Un an plus tard, une carte postale signée «Scarlett» apprend au matou floué qu'il «n'est pas impossible» qu'il soit le père d'un garçon prénommé Steve.

[*Il fait nuit noire. La caméra projette sur le fond de scène les images d'une foule en marche. Gros plan sur une femme d'âge mûr accompagnée d'une jeune homme de vingt ans. Ils sont heureux. Elle l'appelle Steve, et lui Scarlett. Ils se parlent mais les spectateurs ne comprennent pas ce qu'ils se disent.*]

Rideau.

– *Acte* 2 –

[Même décor, avec de menus changements (lumière plus vive, couleur de la pelouse, les arbres en fleurs). Deux personnages sont assis dans les fauteuils: Richard, qui est coiffé différemment et qui paraît plus jeune, et un garçon de dix-huit ans à la silhouette sportive et au «look» typiquement américain.]

(*Voix off*: «Dix-huit ans se sont écoulés depuis l'arrivée de la carte postale apprenant à Richard qu'il est père d'un garçon. Un samedi de juillet, le «jeune admirateur» qui l'avait appelé de Paris s'est rendu en son domaine pour y visiter l'écrivain. Il est grand, blond, et son regard brille d'intelligence. Il parle mal français mais enfin, il le parle. Richard est flatté de l'intérêt que lui voue le jeune américain. Le garçon lui est sympathique, sa présence l'émeut. Il a répondu à toutes ses questions, il a parlé de ses œuvres et de ses voyages. Certes, il juge que, par moment, la voix du garçon a des intonations curieuses et que dans ses yeux bleus passent des lueurs de sévérité… Mais il parade, il est heureux.»)

(Le garçon se lève et demande à Richard la permission de le photographier. Flashes. Puis il dit d'un ton changé:)

«Monsieur… Avez-vous bien entendu mon prénom?
— Désolé, je n'ai pas bien compris… Barry?
— Steve… Et il le fixe d'un regard de mustang entravé.
— Steve!?»
Richard a l'air surpris.

«Parfaitement. Ma mère s'appelle Scarlett: un prénom rare, n'est-ce pas? Quant à mon père, eh bien, je n'en ai jamais eu.

— … Jamais eu?

— Non… Enfin, d'une certaine façon. Mais j'ai fini par le rencontrer: ce fut une sorte de financier. A présent c'est un artiste, ou qui se prétend tel. Il ne s'est jamais soucié de moi, son propre fils. Un beau salaud et un égoïste, vous ne trouvez pas?

— Mais… balbutie Richard bêtement. Mais…»

(Le visage de Richard montre qu'il a tout compris: là, à sa portée, sa vie. Il eût voulu se lever, serrer le garçon dans ses bras, très fort. Mais il est paralysé, il ne peut faire un geste.
Steve se lève, repousse son fauteuil. Son expression est fermée.)

«Merci du jus de fruits et de m'avoir reçu. Je m'en vais: passionnante, votre vie…

— Tu es mon fils, Steve. Assieds-toi et écoute-moi. Je vais t'expliquer…

— Non. C'est inutile. Ma mère me l'a souvent répété: vous êtes un papillon, un voyageur du rêve. Vous ne vous êtes jamais soucié de moi ni de quiconque, d'ailleurs. Vos voyages et vos affaire, vos bouquins, c'est votre vie à ce que j'ai compris: restez-y…»

(Steve s'en va.
Richard est seul sur la pelouse, en face du fauteuil vide: la tête entre les mains, il est effondré. Soudain, il se lève et regarde fixement devant lui. Son expression est celle d'un homme qui a perdu la raison.)

«Je t'aime, mon fils, proclame-t-il en levant ses mains jointes vers le ciel. Je t'ai toujours cherché, c'est ta mère qui t'a enlevé... Je te le jure! J'ai appris l'américain, j'ai été plusieurs fois aux Etats-Unis pour, croyant au miracle, te trouver. Je t'en supplie, reste avec moi: j'ai tant besoin de toi!»

(*Jeux de lumière. Le vent s'est levé et souffle dans les ramures. Réapparaissent les personnages et le décor de la seconde partie de l'acte 1 tandis qu'un voix off susurre*: «Et cet homme n'a plus jamais revu son fils.»)

«... Voilà, Danny, je t'ai tout raconté. Est-ce que tu comprends? lui demande Richard avec insistance.
— Mais que suis-je censé comprendre?
— Tu plaisantes, j'imagine?
— *M'm...*»

(*Le regard vert de Danny scrute les yeux noisette de son vis-à-vis. La gentillesse et la pitié s'y mêlent. Richard esquisse un sourire. Danny se lève et lui tend gentiment la main.*)

«Cette fois, Richard, je dois partir...»

(*Rideau*)

CES JOURS QUE J'AI VÉCUS

(L'amour, c'est mieux que la mort...)

Récemment, lors d'un souper intime une amie me posait la question: «Frédéric, si je te demandais quels sont les deux souvenirs qui t'ont le plus marqué dans la vie, que répondrais-tu?»

Nous fêtions mes quarante ans, et Marilyn et moi avions un peu bu.

«Facile… La mort de mon grand-père et la première fois que…»

Les mots avaient jailli de ma bouche sans que j'eusse fait effort. Avec une netteté surprenante, sorties de l'oubliette où mon inconscient les avait enfouies, les images me revenaient et m'emportaient loin, très loin d'ici et en arrière dans le temps.

J'allais avoir seize ans… Age ô combien unique et béni! A nos yeux éblouis, la vie déploie ses fastes et nous apparaît dans sa somptuosité, riche de mille promesses et de tous les bonheurs. C'est l'heure où, venus à la lumière par les chemins insouciants de l'enfance puis par ceux bien ingrats de la prime adolescence, la chrysalide se fait papillon. Et ce papillon va découvrir les fleurs, la douceur de l'air, les joies du soleil, tout un monde extraordinaire fait pour lui et, semble-t-il, à sa mesure. Une force inconnue prend possession de notre corps, de notre esprit; adieu alors les embarras et les peurs obscures dans lesquels nous nous complaisions pourtant! A seize ans, l'Affliction et la Mort n'existent pas — pas encore — et la Vie nous clame: me voilà: prends-moi, je suis toute à toi...

J'allais donc avoir seize ans. En ce temps-là, j'habitais avec mes parents, trois de mes frères et sœurs ainsi que mon grand-père maternel une jolie maison de bois peinte de couleurs vives qui se dressait tout en haut d'un morne d'où l'on apercevait la mer et une partie de la côte caraïbe. Notre maison était la dernière habitation avant la grande forêt des Hauts de Clugny, de sorte qu'au Levant, le flanc de la montagne nous protégeait des vents humides mais pas des brouillards qui, à la saison des pluies, venaient lécher nos murs. Grand-père avait baptisé l'endroit: Châteaubelair. Pourquoi ce nom, «Châteaubelair»? Je n'en sais fichtrement rien; car grand-père était un original, un de ces êtres taciturnes et volontiers mauvaise tête mais bon cœur, qui possédait entre autres facultés celle de se taire — mais attention! de se taire *poliment* quand on l'interrogeait sur un point précis qu'il estimait ne mériter de sa part aucune réponse. Ainsi, lorsque nos voisins La Rivelière, des Créoles dont les terres jouxtaient les nôtres, venaient se faire offrir le punch, grand-père, assis dans sa berceuse favorite, un sourire léger flottant sur ses lèvres et son regard perdu dans la contemplation du bleu de la mer, participait à la conversation, à sa manière réservée et un peu distraite, tout en tirant sur sa pipe.

Tout à coup, s'adressant à lui, M. de La Rivelière lui demandait:

«Père Citardy — grand-père s'appelait Georges-Déodat Citardy, mais tous l'appelaient «père Citardy», manière ici de montrer son respect envers l'homme aux cheveux blancs propriétaire d'une belle terre et de nombreuses têtes de bétail —,

Père Citardy, ne pensez-vous pas me vendre ce bout de terrain près de la rivière? Je vous en offrirai un bon prix.»

Grand-père ôtait le tuyau de pipe de sa bouche, regardait droit dans les yeux M. de La Rivelière et souriait de toutes ses dents — comme ça, bien gentiment. Puis il ébauchait un geste dans ma direction et disait:

«Frédéric, mon fi, veux-tu m'aller chercher le journal, que ton grand-père montre quelque chose à monsieur de La Rivelière…»

Les regards braqués sur lui, grand-père ouvrait le journal avec application, en feuilletait quelques pages, puis, le tendant à son interlocuteur, s'exclamait:

«Regardez! la jolie maison… Un de ces jours, on va construire la même près de la rivière, à ce qu'il paraît. Qu'en pensez-vous, mon ami?»

L'air d'attention, M. de La Rivelière chaussait ses lunettes et, ayant examiné la photo et lu la légende qui l'accompagnait, grognait:

«Pas mal… *Hum*. Mais mal adaptée aux cyclones…»

Et c'est ainsi que la discussion continuait sans que grand-père eût répondu à la question tout en se montrant extrêmement poli. Notre voisin n'insistait pas, qui avait parfaitement compris la leçon: le terrain n'était décidément pas à vendre, un jour quelqu'un de notre famille y bâtirait sa demeure.

Que dire de ma vie à l'époque sinon qu'elle était semblable à celle de tous mes petits camarades sang-mêlé, noirs ou créoles des lieux? L'Ecole, l'Amusement, les Leçons… vieille chanson. Ma famille vivait repliée sur elle-même, vivant du revenu de nos terres, insouciante des événements et des gens qui n'étaient pas nos parents. Et n'eût été mon grand-père, qui avait bourlingué dans les îles et connu bien des aventures de jeunesse, et qui, dès quatre heures du soir, s'installait dans sa berceuse pour réfléchir à des choses qu'il était bien le seul à percevoir ou bien pour converser en ma compagnie, mon existence à Châteaubelair, à moi le garçon délicat et rêveur que j'étais alors, eût été bien morne, il faut me croire.

De tous ses petits-enfants, j'étais celui qu'il préférait. Et bien qu'il prît le plus grand soin de cacher sa prédilection, à ses regards, à ses inflexions de voix quand il s'adressait à moi ou à mille autres petits «riens», je la devinais et je la savourais, sa tendresse. Pour ma part, je le payais de retour d'un amour qui réchauffait son vieux cœur de solitaire. Evidemment, cet attachement mutuel créait entre nous un lien spécial qui, en nous rapprochant, nous isolait des autres membres de notre famille. — Et comment dissimuler un trésor que l'on fait miroiter au soleil?

Chaque jour que Dieu faisait, le car de quatre heures et demi de l'après-midi m'ayant ramené, ainsi que les gamins et adolescents des environs, jusqu'en bas du morne, je grimpais quatre à quatre le chemin empierré qui serpentait entre les deux petites collines pour, m'élançant à travers la savane de chez nous, venir avaler mon goûter, me laver puis me changer. Le soleil ayant commencé sa longue et cuisante descente vers l'horizon, je rejoignais grand-père sur la véranda où, face aux grands sabliers dans les branches desquels s'ébattaient les grives, les gros-becs, les ti-jaunes et les sucriers (par ordre de grand-père, il était formellement interdit de chasser à Châteaubelair), il avait installé sa berceuse, sa pipe et son tabac à portée. Et jusqu'à ce que retentisse l'immuable appel de ma mère — «Frédéric... Vos leçons!? Vos devoirs!?» — j'écoutais grand-père parler.

Que me racontait-il de si passionnant que j'en oubliais mes leçons et mes devoirs ou encore d'aller rejoindre mes petits camarades? Eh bien, des choses de son passé de «géreur à cheval» d'un important propriétaire-usinier de Sainte-Rose et ses exploits de contrebandier en rhum; ou encore des faits bien plus simples mais non moins captivants comme cette fois où, revenant d'une virée chez des amis, son cheval et lui manquèrent se noyer en passant à gué la rivière Corossol alors en crue. J'entendis bien dix fois le récit de ses deux duels au pistolet dont la charge de poudre avait subrepticement été diminuée par les témoins, et tout autant celui de ses parties de chasse au canard dans les marais de Saline, ses démêlés avec les colporteurs véreux venus de la métropole et des tas d'autres racontées qui me tenaient en haleine. Grand-père s'exprimait d'un ton presque toujours égal, mais il aimait ponctuer les passages les plus prenants d'un «Oui, mon fi, c'est comme je te l'dis!...» ou, quand il s'agissait d'une histoire drôle, d'un rire profond qu'interrompait une quinte de toux.

Cette simplicité dans le bonheur semblait devoir toujours durer, quand, un après-midi d'octobre, à l'issue d'une de ses quintes de toux, grand-père cracha du sang. Mes parents s'en inquiétèrent mais grand-père mit un frein à leur empressement sans pour cela calmer leur inquiétude. Puis, tandis qu'il perdait du poids, son caractère changea et s'aigrit. Il devenait plus farouche, plus solitaire aussi, et, lui qui se levait d'habitude bien avant nous, traînait le matin au lit. Mon père voulut l'emmener voir le docteur et faire des radios, mais grand-père refusa tout net:

«Je ne suis pas là pour engraisser ces gens-là, tonna-t-il, et l'argent n'est pas fait pour être gaspillé ainsi! Je n'ai rien du tout. Un peu de grippe qui passera dans quelques jours. Et puis, sacré Nom de nom! (l'un de ses jurons préférés avec «Tonnerre de mille tonnerres!») dites-vous bien qu'à soixante-neuf ans, je ne vivrai pas éternellement, hein?»

Trois semaines plus tard, il fallut le traîner de force à l'hôpital. Il avait cessé de fumer car dès qu'il allumait sa pipe, il toussait comme s'il avait la coqueluche. Son corps décharné faisait peine à voir. Il perdait ses cheveux, lui si fier naguère de sa crinière blanche, qu'il continuait cependant de traiter à la pâte d'avocat car grand-père était depuis toujours un homme élégant et soigné. L'éclat de ses yeux se ternissait, son teint virait au gris — bref, contrairement à ses allégations, il n'allait pas bien du tout. Mes parents convoqués par le médecin en chef de l'hôpital, nous sûmes très vite le terrible verdict: grand-père, ses poumons à moitié dévorés par le mal maudit, le cancer, mourrait dans les six mois à venir. On soulagerait ses douleurs grâce aux piqûres de morphine et on lui donnerait un ballon d'oxygène pour lui permettre de respirer quand il étoufferait. D'ici peu, il ne pourrait plus se lever et cesserait de s'alimenter: il devrait alors être nourri de soupes et de jus de fruits, et des vitamines à hautes doses lui seraient prescrites. «… Nous ferons, affirma le praticien, tout ce qu'il faut pour le maintenir le plus longtemps en vie — un miracle est toujours possible.»

A Châteaubelair, que la présence d'un malade grave avait transformé, l'air se chargea d'effluves médicamenteux, vapeurs d'éther et d'innombrables désinfectants dont on faisait une grande consommation à présent. Comme tout un chacun, je devais respecter la consigne: on doit agir comme si… Défense de parler désormais maladie, de prendre une mine chagrine ou apitoyée en présence de grand-père mais aussi de trop crier dans la cour. En résumé, il nous était défendu de nous comporter autrement que normalement tout en observant un certain nombre de règles contraignantes.

Alors, pour les membres de la famille paysanne que nous étions, et pour moi le tendre adolescent de seize ans au cœur débordant d'amour pour son grand-père qui se meurt, commença la longue, la désespérante attente. S'imagine-t-on les alarmes, le cœur qui bat follement quand, la nuit, il faut vite se lever parce que le malade étouffe et qu'il faut lui administrer son oxygène et une piqûre? Et les odeurs, la saleté qu'on cache, les regards fuyants, les sourires crispés et tous les faux-semblants; les crises de larmes subites, les nerfs qui lâchent, les engueulades brutales et courtes qui éclatent sans rime ni raison?... Ah, là, là, comme s'exclame parfois ma mère quand elle croit que personne ne peut l'entendre, quelle misère, Seigneur, mais quelle misère!

Mais misère ou pas, saleté et souffrances ou pas, il fallait bien continuer à vivre. Et grand-père, qui ne se plaignait jamais de son état et qui subissait son martyre en vieux stoïque qu'il était, le brave bougre!, attendait, en l'appelant de tous ses vœux, la Mort qui l'oubliait. Par un accord tacite, quand il était en mesure de descendre et de s'installer (jamais pour très longtemps, toutefois) dans la berceuse que j'avais traînée sous la véranda, c'est moi qui parlais et qui racontais mes mésaventures d'écolier en butte à l'orthographe et à la grammaire, ou encore mes soirées de «bordérien» passées, le samedi soir, à danser chez nos riches voisins.

Car les grandes vacances ayant commencé, les jeunes Créoles de mon âge avaient réussi à persuader leurs parents de non seulement leur accorder la permission d'organiser chez eux des «soirées dansantes» mais aussi de m'inviter, moi un métis à la peau couleur de cacao de mes ancêtres venus des Indes! Il est vrai que mes manières et mon langage valaient les leurs; et je plaisais aux maîtresses de maison de race blanche, pas fâchées de montrer aux yeux de tous leur absence de préjugé en recevant chez elles — la preuve! — le petit Citardy, un *bâta'z'Indien* comme on dit ici.

J'avais fini, croyais-je, par m'habituer et, dans la candeur de mon adolescence, je me figurais que bientôt grand-père recouvrerait la santé et que tout ceci ne serait qu'un affreux souvenir. Pourtant, lorsque la nuit mes pensées se tournaient vers lui, l'angoisse m'étreignait tandis que des ombres inquiétantes rôdaient autour de mon lit. Au matin, les rayons de soleil chassaient tous ces miasmes et j'allais avoir tant à faire au courant de la journée! Parties de pêche ou de chasse, chevauchées dans les chemins de terre en compagnie des fils La Rivelière, excursions aux Chûtes ou pique-nique à la plage... Je découvrais les joies de l'amitié partagée et le secret plaisir de fuir le mode de vie compassé qui était celui des miens, à Châteaubelair. Grâce à mes nouveaux amis, j'oubliais à quel milieu ma naissance et la couleur de ma peau me vouaient ainsi que la leçon qu'on m'avait inculquée depuis ma plus tendre enfance: «Frédéric, rappelle-toi toujours qui tu es. Tu n'as rien à faire avec les Nègres — avec les Blancs non plus, d'ailleurs, mais ce n'est pas pareil...» L'indulgence contenue dans cette dernière phrase permettait toutes les conjectures: par un mouvement naturel à notre communauté, je m'y engouffrai sans arrière-pensée d'autant plus que ma grand-mère — une Franc-comtoise que grand-père avait rencontrée à Dunkerque et épousée un mois plus tard —, morte le jour de mes dix ans, était de pure race blanche.

Les festivités du Quatorze Juillet avaient débuté, quand il se produisit dans ma vie un événement de la plus haute importance. Je revenais avec Pierre-Paul de La Rivelière d'une balade à cheval, lorsque, à l'entrée des écuries, une jeune fille m'apparut qui, tel l'archange saint Michel, me foudroya d'un regard aussi aigu que la pointe d'une épée. Souffle coupé, j'admirais cette jeune fille qui me dévisageait en silence comme si j'eusse été, non pas le «jeune Citardy» aux cheveux charbon et à la peau colorée, mais quelqu'un d'imposant — un adulte et un égal. Pierre-Paul rompit le charme en nous présentant l'un à l'autre. Elle s'appelait Maryse et elle était la cousine des La Rivelière. Elle m'apprit habiter la Grande-Terre où son père dirigeait une affaire de commerce. Elle était âgée de dix-huit ans.

«Je vous ai aperçu l'an dernier, ici-même, me dit la ravissante apparition. Vous ne vous en souvenez pas?»

Elle semblait ravie de ma confusion.

«Il est vrai, reprit-elle finement, que vous étiez bien fier alors — non? Pourquoi n'entriez-vous pas à la maison? Vous craigniez qu'André et Monique (les parents La Rivelière) ne vous dévorent? Hé, ne me faites pas ces yeux, voyons… Je plaisante!»

Ainsi, dès les premiers instants, l'Ange blond donnait le ton à nos relations: la gentillesse mêlée à la tendre ironie ou, son humeur ayant changé, l'amabilité narquoise saupoudrée de cruels sarcasmes. Et moi, que l'Amour avait frappé, oublieux de ma condition et de notre différence d'âges — a-t-on jamais vu fille de dix-huit ans s'intéresser à un gamin de seize ans!? — j'étais à sa merci, son esclave dévoué, prêt à tout supporter pourvu qu'elle m'aime aussi.

«Aimes-tu à ce point la plongée sous-marine et le cheval? Depuis que je te connais, tu ne parles avec Pierre-Paul et

Michel que de poissons fléchés par douze mètres de fond, de langoustes par dizaines tapies sous les coraux, de galopades dans les sentiers — et que sais-je. Vous ne pourriez pas varier un peu votre registre? A vous entendre, vraiment, cheval et plongée sont l'acmé de la vie…»

Nous bavardions, Maryse et moi, allongés dans un bosquet de quénettiers dont l'ombre nous procurait une fraîcheur délicieuse. Tout en écoutant ses exhortes, des pensées indicibles, mélange de frayeur et envie de la toucher, de l'étreindre aussi, m'envahissaient. Par-dessous les cils de mes paupières à demi baissées, j'examinais passionnément son visage pour, m'attardant sur la fossette de son menton et sa bouche, remonter le long du petit nez mutin et caresser du regard ses yeux d'un vert étrange et un peu glauque sur lesquels j'aurais aimé poser mes lèvres, longuement, amoureusement.

Les premiers temps que je me retrouvais avec Maryse, j'étais sujet à une érection qu'en dépit de mon vouloir je ne contrôlais pas. Cette turgescence me gênait tant, que j'en vins à la considérer comme une sorte de monstruosité que la Nature m'avait affublé pour me punir de mon audace et de mes désirs. Dans ma naïveté, je me figurais que l'amour que je ressentais pour ma bien-aimée ne devait pas être souillé par des sensations indignes… Car si, avant de connaître mon bel Ange, le soir avant de m'endormir je calmais par les moyens appropriés la brûlure de mon ventre, dans ma tête il n'y avait alors nulle pensée, rien qui pût provoquer une jouissance qui n'était que physique. «Plaisir animal» me jeta à ma grande honte ma mère, un jour qu'elle m'avait surpris en train de me manipuler dans les cabinets. Petit à petit cependant, la «bête» en moi prit le dessus. Oublieux des préceptes de notre Mère la sainte Eglise dans lesquels je baignais depuis toujours, oublieux de cette conduite qui est la marque de ceux qui sont destinés à gagner une place à la droite du Père, mes pensées se firent impures. J'avais de plus en plus envie d'effleurer de mes doigts cet épiderme qui s'offrait, de caresser Maryse, de coller ma bouche contre la sienne pour y mordiller sa langue et d'explorer de ma main cet endroit mystérieux entre les cuisses vers lequel, pensée lancinante, se tournait mon imagination enfiévrée. Evidemment, je me sentais coupable, et piteux. Car Maryse, elle, n'était qu'une fleur vouée aux rayons du soleil, à mille lieux de ces sombres images… Son rire cristallin était un poignard qu'elle m'enfonçait dans le cœur, et ses saillies un onguent qui ne pouvait rien contre le venin qui sourdait de mon esprit.

Cet après-midi, pourtant…

«Frédéric, dis-moi…»

Il me semblait que Maryse avait une intention cachée.

«As-tu jamais songé à m'embrasser? Tu me regardes parfois avec de ces yeux!… Et cette bosse, là, sous ton short!?»

Jamais ses yeux n'avaient autant pétillé; mais l'ironie de son ton était voilé par une émotion qu'elle cherchait à dissimuler.

Quelque chose se déchira en moi et, brusquement, je me retrouvai allongé sur elle en train de l'étreindre désespérément. Nos baisers (ô combien maladroits, car aucun de nous n'avait embrassé quelqu'un sur la bouche auparavant) avaient la saveur du sel et du miel, et les caresses qui s'ensuivirent furent, pour elle comme pour moi, d'indescriptibles moments. L'ardeur qui nous jetait l'un vers l'autre pour un corps à corps presque brutal fit que, quand elle me repoussa enfin, le frisson qui depuis quelques minutes me parcourait le dos et les fesses se transforma en une sorte de tremblement qui ne me quittait plus. Maryse rajustant ses vêtements et se recoiffant, je roulai sur moi-même et, les bras en croix, je fixai le ciel comme si, de là-haut, allait surgir saint Michel et ses légions. Mais rien ne se produisit et la voix de Maryse me ramena aux terrestres réalités.

«Viens, Frédéric, rentrons. Et fais attention de ne pas nous trahir, tu comprends?»

J'approuvai en hochant la tête et, après un dernier baiser, nous nous dirigeâmes vers la maison.

Les jours et bientôt les semaines qui suivirent m'enfoncèrent dans le crâne une leçon que je ne suis pas prêt d'oublier: quand le sort déverse en nous la sensation du bonheur, il n'est ni chagrin ni peine qui puisse durablement nous affliger. A la maison, que la joie avait désertée, je n'avais qu'une hâte: fuir cette atmosphère de catastrophe pour courir rejoindre mon Ange blond et la bande de joyeux drilles qui l'entouraient. Grand-père n'allant décidément pas mieux, il fallut le nourrir de purées. Mais si son corps ne le portait plus, si ses forces l'avaient déserté, son intelligence demeurait intacte. Jamais il ne proférait mot pour se plaindre de sa situation; et pourtant... Il avait des escarres sur les fesses, sa maigreur était effrayante à contempler, et, pour ses besoins naturels, il fallait lui passer le bassin. La longue attente ayant usé les nerfs de la maisonnée, tout un chacun se surprenait à penser que ç'avait assez duré, que le moment était venu que le Ciel rappelle à lui l'âme de notre grand-père. Monsieur le Curé venait le visiter pour lui parler du royaume des cieux, de l'inanité des valeurs et des biens de ce monde, et l'exhorter à la résignation chrétienne. Des gens que j'avais à peine entrevus de toute mon existence, parents éloignés ou vieux amis que la Mort n'avait pas encore fauchés, tombaient sur nous à l'improviste. Ma mère devait alors leur préparer à manger, ce qui ajoutait à sa fatigue.

Certains jours de rémission, mais c'était rare, grand-père priait maman de traîner sa berceuse tout contre la fenêtre afin, lui disait-il, que ses yeux puissent contempler une fois encore les splendeurs du ciel et de la mer à l'heure du couchant. Quelles méditations, quelles idées agitaient la conscience de ce vieux poète face à l'épreuve suprême? Sans doute, pensait-il à son passé et à sa longue vie de travailleur acharné, à ses enfants et petits-enfants, à leur avenir et aux biens qu'il leur laissait ainsi qu'aux affres du Purgatoire?... Pendant ce temps, moi, son petit-fils très aimé, occupé que j'étais de mes amours avec Maryse, j'évitais de penser à grand-père, m'inventant mille motifs pour n'avoir pas à m'éterniser en sa compagnie.

Un soir que nous nous étions passés à table, mon père réclama le silence pour nous faire part, dit-il, d'un fait très grave: las d'endurer des tourments sans nom, notre grand-père pensait au suicide!

«Je le sais, continuait-il, par le docteur qui m'a rapporté ses paroles... Docteur, lui a dit votre grand-père, je vous en prie, faites quelque chose, aidez-moi à partir en douceur. Je souffre comme personne, voyez la loque que je suis devenue! Je serre les dents, j'essaie de ne pas me plaindre, mais les douleurs broient mes os, et ni les piqûres ni vos maudits comprimés n'en viennent à bout. — Je vous en supplie!...»

Mon père en avait les larmes aux yeux et nous étions tous terriblement émus.

«Comme le docteur s'étonnait d'une telle demande, savez-vous ce que votre grand-père lui a répliqué? Que votre mère et moi étions au courant et que nous étions tout à fait d'accord pour qu'on l'aide à partir!»

Mon père en étouffait presque d'indignation; et moi, j'étais atterré: grand-père, penser au suicide!? Lui, commettre pareille lâcheté, un tel péché mortel!?

«Si le Seigneur le rappelait à lui, murmura ma sœur aînée Odile qui était de passage, ce serait une bénédiction pour nous tous… N'est-ce pas maman? Pourquoi laisser ainsi souffrir un mourant!?»

La discussion qui s'ensuivit manqua tourner au vinaigre, et ma mère dut intervenir pour calmer les esprits. Odile rappela comment l'acharnement des médecins était contre la loi du Seigneur, et même mon père dut admettre que n'eussent été tous ces médicaments et l'oxygène, Père Citardy serait passé depuis longtemps. Je partis me coucher, la mine d'un chien bastonné.

Cette nuit-là, je dormis mal et je fis des cauchemars. Le lendemain à mon lever, je montai voir grand-père. Il reposait, allongé en pyjama sur son lit, dans une odeur médicamenteuse qui prenait à la gorge quoique la fenêtre fût ouverte. Ma mère l'avait déjà lavé et coiffé. Son visage émacié se tourna vers moi dès mon entrée, un voile opaque semblait recouvrir ses yeux.

«C'est toi, Frédéric? Entre…»

Sa voix n'était plus qu'un filet.

«C'est moche, n'est-ce pas? Si, si, ne proteste pas…»

Il leva la main pour me retenir de parler et je vis que ses lèvres ébauchaient un sourire.

«Il y a longtemps que toi et moi n'avons pas pas bavardé… Je suis prêt à parier que mon petit-fils est amoureux!»

Je n'eus pas le cœur à mentir et approuvai du menton.

«Ah, l'amour, l'amour! reprit-il, c'est la plus belle chose de notre vie. Quoique…»

Il ébaucha une grimace.

«… Ça brûle aussi très fort, tu verras. — Bah! laissons ça, et parle-moi de toi.»

Mais l'émotion me nouait la gorge, je n'arrivais pas à parler.

Faisant comme s'il ne s'en était pas aperçu, grand-père reprit:

«Ce matin, je me sens bien mieux: tu vois, je respire à peu près normalement et je ne souffre presque pas.» J'étais sûr, quant à moi, qu'il mentait.

«Quel âge as-tu Frédéric? me demanda-t-il bruquement.

— Je viens d'avoir seize ans, grand-père. Tu ne t'en souviens donc pas?»

Il leva la main à nouveau.

«Seize ans! oui… Quel bel âge! Allons, raconte-moi: que vas-tu faire aujourd'hui?»

Ma voix retrouvée, et parce que je savais qu'avec lui mes secrets étaient bien gardés, je lui dis comment j'allais rejoindre, en cachette de tous, une jeune fille. Il en parut ravi et me demanda de la lui décrire. Ce que je fis avec un enthousiaste grandissant. J'étais en train d'évoquer la beauté, la finesse et de l'intelligence extrême de Maryse, quand la porte s'ouvrit et ma mère entra.

«Tu es là, Frédéric!?… Embrasse ton grand-père et file: c'est l'heure de ses médicaments.»

Comme je me penchais vers lui, grand-père me saisit brusquement la main et son regard — ah, ces yeux d'un vieillard dans lesquels la volonté farouche de rester digne se mêle au plus affreux désespoir! — me fit mal.

«Allons, Frédéric, sois heureux, et tâche de passer une bonne journée… Et embrasse-la de ma part!»

Il avait chuchoté cette dernière phrase pour que maman ne l'entendît pas.

Je lui serrai la main très fort, effleurai son front d'un baiser, et m'en fus.

Maryse m'attendait qui fut surprise par la couleur cendrée de mon teint. Nous partîmes tous en groupe à la plage, et c'est seulement dans l'après-midi qu'elle et moi nous pûmes rejoindre l'abri de notre bosquet. Mais entre-temps… Pourquoi, sur le coup de treize heures, une intuition me poussa à rentrer déjeuner à la maison? Dans le salon, j'y trouvai le vieux docteur Hotrizel, l'un des deux médecins qui suivaient grand-père, en grande conversation avec mes parents.

A mon entrée, tous trois se turent brusquement.

«Qu'y a-t-il?» interrogeai-je.

Mon père, embarrassé, se racla la gorge.

«Frédéric, tu es un homme à présent, et tu as le droit de savoir. Tu sais que ton grand-père est condamné et que — bon. Ta mère et moi avons longuement réfléchi: à notre demande, le docteur a accepté d'abréger ses souffrances et…»

Le médecin lui coupa la parole.

«Dans une semaine tout au plus, Frédéric, les calmants n'auront plus aucun effet: ce sera terrible pour lui. J'ai accepté de lui faire une injection qui l'endormira doucement. Votre grand-père était un ami et il m'a rendu un signalé service il y a bien longtemps, vous n'étiez pas encore né. C'est pour cela qu'en accord avec vos parents et quoique mon serment me l'interdise, mais d'abord parce que c'est là sa volonté, je le ferai — vous comprenez?»

Cet homme quêtait mon approbation, à moi un gamin de seize ans!

Je hochai la tête, la gorge nouée par l'émotion.

«Quand… ? articulai-je enfin.

— Demain. Le visage du médecin était grave. A quinze heures, tout sera fini.»

Je quittai la maison de bonne heure, comme si j'y avais commis un crime. Maryse m'attendait déjà. Très vite, nos caresses atteignirent leur paroxysme, et j'oubliai grand-père pour me fondre dans cette bouche qui m'insufflait toute l'énergie du monde, étreignant ce corps délicieusement ferme et parfumé et parcourant de baisers brûlants sa gorge, ses seins, ses tétons… Maryse devina-t-elle la désespérance qui, bien plus que mon amour et mon désir, me poussait vers elle? Je ne sais. Soudain, nous fûmes nus, et, pour la première fois de ma vie, une femme m'accueillit en elle.

Quand enfin, repus d'amour, il fut l'heure de se lever, Maryse, de quelques mots, me sortit de l'exaltation dans laquelle j'étais plongé.

«Frédéric, je dois te dire… Tu sais que les gens jasent autour de nous, à présent? A ce propos, j'ai eu une… dispute avant-hier, assez violente à vrai dire, avec mes cousins et…»

Elle hésitait, son regard me fuyait.

«Ils me renvoient à la maison: est-ce que tu comprends?

— Quoi! protestai-je avec force. Mais nous ne sommes qu'en août, et…»

Elle me fit taire en plaquant sa main contre ma bouche.

«Ne dis rien, mon amour. Tu ne peux savoir ce à quoi je me heurte depuis quinze jours, à cause de toi, de nous deux. Tâche d'entendre à demi-mot, je t'en prie. Je pars lundi. Voilà, c'est dit, ça se fera, et ni toi ni moi ni personne au monde n'y pourra rien changer. Mais il nous reste demain et dimanche encore… Je viendrai ici à trois heures.»

Un combat se livra en moi: demain n'était pas un jour ordinaire, il était celui de la mort de grand-père. Mais comment dire ceci, dans un tel moment, à la jeune fille qu'on adore? Ah! le lieu commun de l'Amour qui triomphe de la Mort... Je sais ce que c'est, moi, oui. Car aussi brisé que je l'étais alors, aussi déconcerté par ce départ subit (mais l'étais-je vraiment, surpris? Maryse était une Créole, et moi un Indien, si peu coloré soit-il... Quel avenir ici pour deux?), je répondis oui.

«... A quoi bon, chère Marilyn, te raconter la suite?... Tu y tiens? Le samedi donc, je me réveillai à six heures, soit une heure avant mon lever ordinaire. Tout le monde dormait encore à l'exception de mes parents qui prenaient leur petit déjeuner. Ils ne me demandèrent rien, je mangeai en silence, ayant adopté l'expression de quelqu'un perdu dans sa rêverie. Je songeai à grand-père, forgeant dans ma tête ce que j'aurais pu lui dire, lui assurant combien je l'aimais et combien j'aurais voulu qu'il puisse rester très longtemps encore parmi nous... A sept heures, je filai sans un mot pour personne. Rongeant mon frein, j'attendis huit heures pour me présenter chez les La Rivelière. Cette journée, je ne suis pas près de l'oublier, je t'assure. Je ne te dis rien de la matinée à se baigner et à rire avec la bande, du pique-nique à la plage et de l'après-midi d'amour avec Maryse alors que mon grand-père trépassait... Jamais, jamais je n'aimerais quelqu'un d'autre comme je l'ai aimée et désirée, cette fille! Elle est partie le lendemain matin au lieu du lundi — car elle m'avait menti, oui, menti! Pour ne pas me faire de la peine et abréger des adieux pénibles, je suppose. Nous nous sommes revus cinq ans plus tard: elle était mariée avec un *béké* et attendait un bébé...

«Lorsque, vers cinq heures, j'arrivai à la maison, le corps de grand-père était exposé dans le salon et la longue veillée avait commencé. Il avait rendu l'âme à trois heures. On l'a enterré le lendemain soir, dans notre caveau de famille à Deshaies. Pour répondre à la question que tu t'apprêtes à me poser, et après nous changeons de sujet... Si je n'ai jamais eu de remords? Jamais. Car l'amour, crois-en mon expérience, c'est mieux que la mort...»

LES BÛCHERONS

(Question d'honneur…)

S'imagine-t-on l'existence à la Dominique d'un adolescent de quatorze ans de race blanche dans les années vingt-cinq, avec pour toute compagnie son vieil homme de père ainsi que son chien, ses livres et ses rêves?… Que m'importe! direz-vous, que m'importe un adolescent blanc et la Dominique. D'ailleurs, c'est quoi, la Dominique, et ça ce trouve où?

C'est une île, quelque part dans la mer des Caraïbes, bleue, verte ou jaune, cela dépend des saisons. Les Caraïbes, les Epices, Christophe Colomb… vous connaissez sûrement! Mon île est recouverte d'une belle forêt peuplée de perroquets et de ramiers, les gens habitant surtout le littoral. Dans ses vallées et sur ses coteaux pentus se meuvent aussi, en toute liberté, des boas, des *mountain's chickens* (une grosse grenouille comestible), des agoutis des bois et plein d'autres animaux que le bon Dieu a placés là.

L'adolescent dominicain blanc, c'est moi: Art Dieudonné Leedendhal — on me surnomme Artie, c'est plus commode et c'est ainsi. Présentement, j'habite une coquette maison à Long Island qu'entretient Sweetie, une Négresse entre deux âges du Bronx qui me porte sur les nerfs mais que je supporte parce que sans elle… J'ai quatre-vingts ans, à présent, et je me déplace avec difficulté, vous comprenez? L'âge, la vieillesse, ce n'est pas drôle, vous verrez. Je suis un artiste peintre et, mon Dieu, assez connu: en vous promenant dans le

Village, vous y apercevrez mes toiles par-ci par-là. Impressionniste, que disent les critiques. Eh bien, soit… L'important est que l'on achète mes œuvres et que les journalistes font des éloges de mon art et de moi.

Mais je n'ai pas pris la plume pour vous parler de moi et de mon art. Bientôt la nuit va me fermer les paupières, il serait dommage que j'emporte dans la tombe mon témoignage — parfaitement, mon témoignage! J'ai en tête l'idée de sauver du néant cette histoire, ainsi que les hommes de condition modeste qui y sont. Car je les ai bien connus, les derniers bûcherons de la Dominique, connus et même, quelques jours durant, fréquentés. Je puis vous le dire, c'étaient des hommes extraordinaires en leur genre qui avaient pour souci premier d'abattre les grands arbres, de les débiter au passe-partout puis de transformer tout ce bois en bonne monnaie sonnante.

Oh! je sais, mes amis, la vie pour vous c'est autre chose. — Mais les comprimés!? Le mal à l'âme!?… Passons. Je radote, je philosophe, ça m'arrive parfois. Et Sweetie, cette satanée garce qui, entre nous soit dit, a le cul large aussi large qu'une bouche de métro, assure que je ferais mieux de fermer ma gueule pour me consacrer à mes barbouilles. Mais dès que je me retrouve seul, et c'est souvent, je me tais et je rêve. Alors…

J'avais quatorze ans et j'habitais avec l'auteur de mes jours «Sissérou», une modeste case de quatre pièces couverte d'essentes juchée dans la montagne, à une heure de marche de Layou River — la Rivière bleue. Ma mère envolée avec un rouquin d'anglais peu d'années après que j'étais né, mon papa s'était détourné des femmes pour se consacrer à «mettre en valeur», ainsi qu'il disait, son lopin planté de cocotiers et de caféiers et, les après-midi, m'apprendre à lire et à écrire ainsi qu'à m'inculquer des bribes d'une éducation qui n'avait plus rien d'anglaise, je puis vous l'assurer! Les temps venus, nous attelions nos deux mules et gagnions la côte pour y vendre le produit de notre récolte à des marchands venus des îles voisines et pour y acheter les indispensables denrées. Faut croire que les affaires de mon papa étaient bonnes, puisqu'il y avait plein de bonnes choses à la maison, nous mangions tout le long de l'année à notre faim et les nègres des environs — des nègres dominicains pas comme ceux d'ici, je vous assure, ces nègres-là avaient pour nous de la considération. «*Good morning, sir. How are you?*» lançaient-ils à «mister Leed'tahl» et, à moi qui n'étais qu'un enfant, en s'esclaffant: «*Hello, Artie! Good time fo'you, h'n't?*» Alors papa ôtait son chapeau cérémonieusement et moi je répondais, usant du patois car ils se moquaient de moi: «*Hi, man... Ka ou fè jôdi-a?*»

Force m'est de vous préciser qu'à plusieurs milles à la ronde, papa et moi étions les seuls «white people». Les autres s'en étaient allés, chassés par la misère et la solitude des lieux.

Le demi-sauvageon que j'étais alors ne se préoccupait pas du vaste monde, lequel ignorait son existence. Mon univers, c'était la maison et la grande forêt, les bêtes, les livres aussi et mon papa... Tôt le matin, après avoir nourri mes agoutis et mes perdrix, je partais poser mes nasses en remontant la rivière et relever celles placées la veille, attrapant ainsi et par dizaines les grosses écrevisses dont papa et moi nous régalions le dimanche. Puis je m'occupais de mes pièges à oiseaux, coupais le palmiste pour la salade du soir et, jusqu'à l'heure du repas, arpentais les sentiers, mon chien Dick sur mes talons, le nez en l'air à guetter l'apparition d'un *sissérou* (un perroquet) ou surveillant les branches basses, à l'affût d'un boa endormi. Après une courte sieste, papa, ses grosses lunettes à monture de fer posées sur le nez, se transformait en maître d'école et moi je devenais un élève studieux, curieux des merveilles que me révélaient les pages des livres écornés mais fleurant bon le vétiver et l'encre d'imprimerie.

Au crépuscule, papa et moi rangions livres et cahiers pour, ensemble, apprêter le dîner. Nous mangions en discutant de choses et d'autres, éclairés par la lueur de nos lampes à pétrole, moi souvent distrait par les scarabées et les papillons qui tournoyaient au-dessus de nos têtes. La vaisselle terminée, nous gagnions chacun notre berceuse pour y goûter à nos lectures préférées. Car, luxe insolite hérité de mon grand-père, nous avions à Sissérou la plus belle collection de bouquins, soigneusement rangés sur les étagères d'une grande armoire de mahogany bourrée de racines sèches de bois d'Inde et de vétiver pour éloigner les ravets et autres insectes amateurs de vieux papier, que puisse posséder un insulaire. Grand-père ayant été un grand amateur d'histoires de voyage, je lisais Dickens, Stevenson et Kipling avec une passion de forcené. A vingt-deux heures, papa donnait le signal du couvre-feu, et j'allais me coucher. Le sommeil flirtant avec mes paupières, je devenais un héros, capitaine de vaisseau corsaire ou Enfant de la jungle; puis je m'endormais pour rêver de batailles et de chevauchées, d'abordages sanglants et d'Indiens farouches ou encore d'hommes traîtres à leur patrie, à leurs amis... Certains soirs cependant, abandonnant mes lectures, je m'emparais de papier et de crayons de couleur et je dessinais tout ce qui me passait par la tête. Papa admirait mes œuvres qui, au bout d'un moment, murmurait: «Comme tu es doué, fils! Un jour, je t'enverrai étudier la peinture et le dessin aux Amériques...» J'approuvais du menton, ne sachant pas pourquoi je devrais aller aux Amériques et me souciant autant de cet endroit que de ma première paire de sandales.

[Réponse à votre question... Papa est mort d'une crise cardiaque, j'avais à peine dix-sept ans. Dans son testament, il me disait quoi faire. J'ai donc vendu ma terre et la maison au Résident de la Dominique, qui m'en a réglé le prix en bons dollars yankees moins une honnête rétribution de dix pour cent. Et je suis parti pour la Californie, où j'ai vécu quinze ans, avant de m'installer à New York pour de bon.]

Un jour, c'était au mois de décembre, je m'en souviens, je fus réveillé bien avant l'aube. La forêt retentissait d'une série de bruits inhabituels qui pétaient sec comme la détonation d'une carabine.

«T'inquiète, fils, me rassura papa, ce sont les bûcherons. Cela fait bien six ans... Allons leur faire visite.»

Nous nous mîmes en route, nous dirigeant vers le lieu d'où provenaient les détonations. Une demi-heure de marche et nous débouchions sur un abattis où cinq hommes, cinq nègres du plus beau noir, nus comme des vers («Ils ne veulent pas salir ni tremper leur caleçon», m'apprit papa en réponse à ma question), un chiffon noué autour de la tête, abattaient des arbres à grands coups de hache ponctués de ahans sonores.

«Salut, Sam, salut Ernst, salut les hommes! les interpella mon père d'une voix amicale. Une petite pause pour la goutte et le bonjour?»

Toujours prévoyant, mon papa... Il avait pensé à se munir de la gourde de tafia!

«Hello, mister! On pause dans dix minutes... Vous nous espérez? C'est votre rejeton, ce garçon? Hé, mais c'est un vaillant, non?»

Joyeuses et venues de cinq larges et robustes poitrines, les salutations nous parvenaient, sans qu'aucun de ces hommes n'ait cessé de balancer sa cognée.

Le mot «vaillant» me plut et… me les rendit aussitôt sympathiques. Car bien que je ne fusse pas à proprement parler un gringalet, je me trouvais les épaules trop étroites et les pectoraux pas assez développés. Il est vrai qu'en comparaison de ces armoires à glace de bûcherons, je l'étais vraiment, un gringalet. Mais Sam m'avait traité de «vaillant», c'est-à-dire de robuste et de costaud… Et ce n'était pas faux.

«Oui, c'est mon produit. Il a quatorze ans, à présent. — Fils! me confia papa à voix basse, ces hommes que tu vois-là, les deux grands sur la gauche, sont de vieux amis à moi. Tu dois te comporter avec eux comme avec moi, okay? Ils t'ont vu naître et je leur dois beaucoup… Asseyons-nous et, en attendant, je te dirai qui ils sont ainsi que ce qu'ils ont fait. Les autres, je ne les connais pas, mais je gage qu'ils sont gens de confiance.»

Pour papa, l'expression «gens de confiance» signifiait: des individus polis et patients qui, au besoin, se feraient couper en quatre pour vous tirer d'un mauvais pas.

«Tu venais de naître, Artie, et tu n'étais alors qu'une affreuse petite chose rouge et toute ratatinée après quoi ta mère s'extasiait. L'accouchement avait été pénible, mais en fin de compte tout s'est bien passé, grâce à Dieu. A l'époque, je possédais un Bas-Rouge que m'avait offert Henry le Boiteux, un ami que tu n'as pas connu, hélas. C'était une bête splendide mais un chien bizarre qui, lors de la pleine lune, galopait dans les bois en jappant comme un fou qu'il était. Ta mère ne l'aimait pas, quoiqu'il fût affectueux et doux, mais j'y étais trop attaché pour m'en séparer. Non loin de Sisérrou, ces deux hommes que tu vois-là coupaient du bois.Un jour que je revenais de Layou — cela se passait en 1911, tu avais donc deux ans — trois jeunes hommes, des chasseurs venus de la Martinique, deux mulâtres et un *béké* (c'est ainsi qu'on appelle les blancs-pays dans cette île), m'abordent et me demandent la permission de séjourner deux ou trois nuits à la maison. Ils avaient belle allure, et déjà ta mère s'ennuyait avec moi... Pensant lui faire plaisir, j'accepte et... — Ah, vous voilà, les amis! On va boire un coup. Artie! Serre donc la pince à ces messieurs...»

Se tournant vers moi, il me dit tout bas:

«Tu sauras la suite plus tard, rassure-toi.»

Docile, je me levai et m'exécutai, poli.

«Il a grandi, vot'fils, pour ça oui, m'sieur! Et il vous ressemble comme deux gouttes d'eau, vous savez?»

Tout en dégustant son *p'tit sec*, Sam riait et discutait avec papa tandis que, se tenant en retrait, les quatre autres bûcherons échangeaient des appréciations tenant à l'excellence du tafia.

Vus de près et nus comme ils étaient, ces cinq hommes m'impressionnaient. Grands et forts, leur sexe charnu et brunâtre battant leurs génitoires énormes, l'épiderme luisant de la sueur qui leur dégoulinait de partout, leur corps tout en muscles avait cette puissance et cette harmonie qu'on retrouve dans les œuvres d'un Titien ou mieux encore d'un Michel-Ange que la patte élégante de Rodin eût inspiré.

Au bout d'un moment, Sam me demanda si je voulais voir comment on sciait les planches d'acajou. Sur ma réponse affirmative, il salua papa et, suivi de ces acolytes, retourna à sa cognée.

«Artie! Imprègne ton esprit de tout ceci: ce sera ta leçon de la journée. Je te dis ça, parce que — tu l'as entendu comme moi —, c'est leur dernière tournée et, après, il n'y aura plus jamais de ces hommes-là…»

L'aubier explosa et l'arbre s'abattit, entraînant dans sa chute d'autres pieds plus petits. Cette mort du géant était un arrachement sur le vivant: la forêt tout entière protestait, on l'amputait d'un des siens. La hache à la main, les cinq hommes élaguèrent, coupèrent, tranchèrent jusqu'à transformer l'acajou en un fût tout simple qu'ils morcelèrent à la scie dans le but d'obtenir quatre tronçons de longueur égale. Au sommet de chacun des tronçons, ils frappèrent un filin fait de grosses lianes tressées. En un rien de temps, ils firent glisser un énorme billot jusqu'au lieu où était dressé leur établi constitué de poutres assemblées et fixées par des amarres de ciguine* dont la partie supérieure formait, à environ quatre mètres au-dessus du niveau du sol, une plate-forme. Puis ils se mirent au travail.

Leur passe-partout bien en main, les deux bûcherons — l'un, en équilibre en haut de la plate-forme, poussant et l'autre, les pieds crochant le sol des orteils, tirant — «découpaient» le fût en planches de même épaisseur. Les épaules musclées roulaient sous l'épiderme que le soleil frappait sans parvenir à assécher le flux qui y sourdait. De temps à autre, ils s'arrêtaient, examinaient d'un œil critique le tracé de la lame pour, après avoir grogné leur approbation, se remettre au travail. Et moi, l'adolescent en qui Dieu avait semé la graine des

---

* *Philodendron dont les longues racines aériennes servent à l'artisanat local (NDA).*

beaux-arts, je les contemplais, fasciné, m'émerveillant de ces magnifiques statues qu'habitait la vie.

Puis ce fut la pose, et Angel et Rocky remplacèrent Sam et Ernst au passe-partout.

«Artie, me dit le grand Sam en me touchant les cheveux, c'est pas du boulot pour les p'tits Blancs comme toi, ça. Ah, ah, ah... Allons, raconte à l'ami Sam: t'es un vrai homme des bois m'a dit ton p'pa?»

Je lui parlai de mes pêches et de mes chasses, des oiseaux et des agoutis que je gardais en cage, et, pour finir, de ma passion du dessin. Sam me demanda alors de dessiner sur le sol un boa, ce que je fis.

Il se pencha, scruta le boa, et sourit.

«Artie, p'tit, plus tard tu gagneras plein d'sous avec cette main-là...»

Le soleil déclinait déjà quand je regagnai Sissérou où m'attendait mon papa.

«... Je te disais donc, Artie, que les trois chasseurs de la Martinique m'avaient demandé de les héberger à Sissérou et — bref! Ils étaient sympathiques en diable, et je vis que ta mère, qui était alors très belle femme, leur plaisait. Ces jeunes gens avaient apporté le meilleur whisky que j'aie jamais bu de ma vie. Ta mère décida d'organiser une petite fête le lendemain soir. Ils avaient tiré plusieurs ramiers, il y avait des légumes dans le jardin et des racines aussi, plus mon vieux rhum et leur fameux whisky. On but, on mangea de bon appétit, on chanta de vieilles chansons en patois, tout ça jusqu'à pas loin de minuit. Et là, tout bascula... Non, Artie, ferme-la, laisse-moi parler, veux-tu? Ta mère s'était écroulée dans la berceuse, terrassée par l'alcool, et j'avoue que je ne valais guère mieux, de même que Félix — il s'appelait Félix!, le plus jeune des deux *colorés*, qui cuvait son vin quelque part sous la véranda. Tout à coup, surgi d'on ne sait où, voilà que déboule Joby qui, pris d'une crise de folie, heurte les meubles et sème la panique parmi ces messieurs qui n'avaient jamais rencontré de chien fou... Puis Joby s'élança dans la forêt, jappant désespérément après la lune comme s'il avait mille démons à ses trousses.»

A ce point de son récit, submergé par l'émotion papa se tut. J'attendis, anxieux de la suite.

«Je m'apprêtais à donner le signal du coucher, quand le *béké*, qui s'était mis debout, se jeta sur ta mère, tentant de la déshabiller! Je m'interpose aussitôt, lui ordonnant de la lâcher, mais son compatriote s'en mêle, et nous voilà tous trois à échanger des coups de poing furieux... Hélas, mon petit, ton papa tenait à peine sur ses jambes: il était fin soûl, plein comme une barrique de vinasse! Alors, jeunes et robustes comme ils l'étaient, à eux deux ils n'eurent aucun mal à me maîtriser et à me ligoter. Désespéré, j'allais devoir assister au viol de ta maman ivre-morte, quand tout à coup j'entends des aboiements...

— C'était Joby, papa?

— C'était Joby, tenu au bout d'une laisse improvisée par Sam qui campait avec Ernst à vingt minutes de Sissérou! Ils étaient montés du matin pour repérer des acajous. Dans sa course folle, le chien était venu se jeter entre leurs jambes. Sam, qui ne connaissait pas Joby, se dit que l'animal, qui s'était calmé tout d'un coup, était venu les chercher... En deux secondes, le grand Sam, revenu de sa surprise, comprit ce qui se passait. Lâchant Joby, il se précipite sur le *béké* qui s'était débraguetté et, sans que celui-ci pût faire un geste, lui brise la nuque d'un coup! L'autre se précipitait vers son fusil quand, d'un bond, Sam fut sur lui. Le soulevant d'une main par le cou, il l'étrangla. — Oui, le doux Sam que tu vois, qui n'avait jamais de sa vie fait de mal à personne, a tué ces deux lascars: pour moi, et parce que mon honneur était en jeu, tu comprends, fils? L'honneur d'un homme… Mais tu apprendras, tu as tout le temps devant toi pour ça.»

Je haletais en le questionnant:

«P'pa, et le troisième… ? Et m'man… ?

— Ta maman, mon garçon, ne s'était pas rendu compte… Rhum plus whisky, c'est un mélange qui ne pardonne guère, surtout à qui n'en a pas l'habitude. Il avait assommé ta mère, moi à demi, et rendu fou ces pauvres types… Le troisième larron, de loin le plus sympathique, j'en ai eu pitié. Mais quand une tâche est commencée et que tu t'y es engagé corps et âme, aussi ingrate qu'elle soit, alors tu te dois de la finir… sinon la confusion descend en toi, en ton esprit! N'oublie jamais ce récit ni cette leçon, fiston: ça te servira toute ta vie. Bon. Cette tâche-là, ce fut très dur pour ton papa, je te prie de le croire; mais le respect, la reconnaissance et l'honneur me commandaient d'agir.

— Que veux-tu dire?

— Je devais à Sam et à ta mère que jamais ne puisse s'ébruiter cette histoire. Ces garçons étaient des fils de riches, des gens importants, on l'aurait proprement pendu — et qui sait, Ernst et moi avec lui. Ah, quand j'y pense!… J'ai attendu le lendemain. Sam et Ernst ont emporté les deux premiers, à l'endroit du monticule, en contrebas. J'ai réveillé Félix avant l'aube, moi-même je n'avais pu fermer l'œil. L'ayant amené en présence des corps de ses camarades, je lui ai posément expliqué ce qui s'était passé. Il était affolé, terrifié, le pauvre! Il avait compris ce qui l'attendait. Je lui ai demandé s'il voulait dire une prière. Il s'est jeté à genoux, en larmes, et m'a supplié de l'épargner, criant qu'il était fils unique, que ses parents mourraient de chagrin s'il ne revenait pas chez lui, au Lorrain. Je pleurais moi aussi, mais il n'y avait rien à faire, il devait mourir. Alors, Félix se traîna à mes pieds, me promettant et jurant sur la tête de ses futurs enfants qu'il garderait le silence... Il parlait encore quand je lui logeai une balle dans le crâne. Voilà, fils, tu devais savoir, car bientôt tu seras un homme et bien des désillusions t'attendent. C'est ton destin, comme j'ai eu le mien... Depuis, les années ont passé, Artie, je n'ai pas oublié. J'ai fait la bêtise de tout raconter à ta mère qui, n'ayant rien compris, de ce jour m'a pris en horreur: c'est pour ça qu'elle a filé avec cet Anglais et que je les ai laissés faire. Aussi, si un jour Sam ou Ernst te demandait un service — ce que jamais ils ne se permettront... — dusses-tu bouffer de la semelle de soulier pendant dix ans, rends-le-leur! Question d'honneur, et parce que c'est la seule chose que ton vieux papa te demandera jamais, Artie...»

Oui, mon père a fait ça, il a exécuté de sang-froid un innocent. Mais il le fallait, car qui peut croire qu'on eût rendu justice à Sam, à Ernst, à papa? La justice... Ah, ah! Passons.

J'ai été marié, il y a longtemps. Je n'ai jamais eu d'enfants. Je déteste les mômes, c'est malsain et bruyant. Et ma femme, qu'est-elle devenue? Dieu le sait. C'était une intello, une bonne femme trop compliquée pour moi. Un jour, il y a tant d'années que j'ai oublié quand, je l'ai quittée, sans regret ni chagrin. Depuis, à l'exception de Sweetie qui me sert ici, je vis seul et je m'en porte bien. — Ah! j'oubliais... A propos de ce que je viens de vous conter, mes amis, j'ai un secret. Je l'ai peinte! oui, peinte, cette histoire... Elle est là, cachée dans les replis d'une de mes croûtes, à la fois vivante et immortelle.

Et si l'un de vous mettait la main sur le tableau, alors bravo! Je lui fiche mon billet qu'il lui portera chance et bonheur. — Pourquoi? Mais interrogez donc les heureux possesseurs d'un Gauguin…

POUR L'AMOUR DE LUCINDA

(Art Dieudonné Leedendhal)

C'était au mois de juillet 1954. J'avais à l'époque quarante-quatre ans et j'étais toujours célibataire. C'est à Santa Monica, à un vernissage de mes toiles, que je rencontrai (par je ne sais quel miraculeux hasard, étant donné qu'Annick, qui était originaire de la Guadeloupe et habitait New York, ne devait séjourner que deux jours dans cette ville) ma future femme. Deux ans plus tard, cédant à ses intances, et pas fâché de retrouver l'air des Antilles, nous étions partis pour la Guadeloupe y passer quelques jours de vacances. Nous participions à un dîner chez des parents d'Annick habitant les hauteurs de Vernou quand, à l'heure où, assis sous la véranda, pendant que nous les hommes fumions voluptueusement un cigare tout en savourant une délicieuse liqueur ambrée, du meilleur «vieux de vieux» sorti de dessous les fagots en notre honneur, notre hôtesse commença à raconter une curieuse histoire dont l'héroïne était l'une de ses meilleures amies. Audehors, la pluie crépitait. Puissante, l'odeur d'herbe mouillée parvenait jusqu'à nous que remplaçait par moment celle, encore plus parfumée, de la proche forêt. L'humidité gagnait et, avec elle, la fraîcheur reposante des nuits de l'hivernage antillais.

«Mireille et Ditter formaient un couple apparemment très unis. Pourtant, je sentais bien que quelque chose clochait car, avec le temps, Mireille devenait nerveuse, irritable en tout.»

Les yeux flottant dans le lointain, Nicole fit le tri de ses pensées.

«Un jour que je vaquais à mon ménage, voilà Mireille qui débarque en larmes à la maison. Il lui est arrivé, me dit-elle, une aventure épouvantable et il lui faut à tout prix se confier à quelqu'un: avais-je le temps de l'écouter? Intriguée, je la fis entrer…»

L'histoire se déroule au mois de décembre 1955. Mireille et Ditter N… ont élu domicile à la Guadeloupe depuis bientôt quatre ans. Biologiste de profession, Ditter avait été détaché par l'université de Paris au laboratoire de neurologie de l'Institut des Sciences de Pointe-à-Pitre pour y être l'assistant du professeur V…, un scientifique de renom. Né allemand mais naturalisé français, Ditter avait épousé une jeune fille originaire des Saintes, Mireille, qu'il avait rencontrée lors d'une randonnée.

Sportive et enjouée, Mireille partage ses journées entre sa maison de Morne Jolivière, le court de tennis, les séances d'équitation et les réunions chez l'une ou l'autre des dames mariées qui, comme elle, ne savent comment occuper leurs après-midi. Trois fois par semaine, elle se rend à l'Institut pour aider son mari dans ses travaux de paperasserie. Quelquefois et parce que ce qu'il a découvert a provoqué son enthousiasme, Ditter prie sa femme de le rejoindre dans la vaste pièce attenant à son bureau. Cette pièce, longue d'une douzaine de mètres et large de six, insonorisée et bien ventilée, est encombrée d'appareils de toute sorte au milieu desquels, dans un étroit espace, se trouve un fauteuil surmonté d'une sorte de casque hérissé de fils dans lequel est immobilisée la tête d'un «sujet» — un singe, qui est plongé en léthargie. A ses côtés, assis devant une table de travail en forme de demi-cercle, les yeux vrillés sur ses enregistreurs, le neurologue qu'était aussi Ditter commentait avec brio les courbes et les pics qui s'inscrivaient, en de fines lignes brisées, sur les supports de papier.

Le travail de Ditter consistait en effet à étudier le comportement nerveux de «modèles» animaux en vue de mieux comprendre — éventuellement, d'améliorer — celui de leurs cousins humains. Pour ce faire, l'Institut des Sciences avait confié à l'adjoint du professeur son entière ménagerie, soit quelque huit singes atèles droit venus des forêts amazoniennes. Tôt le matin, les animaux étaient amenés à tour de rôle au laboratoire. Là, on les faisait asseoir dans le fauteuil spécial à eux réservé, la *chaise de contention*, auquel ils étaient assujettis au moyen d'un système compliqué de courroies — ce qui n'allait pas sans mal, car les bêtes étaient nerveuses. Puis des électrodes leur étaient fixées au cerveau à partir des zones dénudées du «scalp» que Ditter avait soigneusement délimitées au préalable. Après stimulation électrique des différentes zones, le biologiste recueillait, sous forme de diagrammes, quantité de données — les «réponses» des malheureux atèles qu'il ne lui restait plus qu'à interpréter.

«Tu comprends, confiait Mireille à Nicole, au début, j'étais presque malade au spectacle de ces malheureuses bêtes attachées dans ce fauteuil, le crâne hérissé de fils et les yeux mi-clos comme si, impuissantes à modifier le cours de leur destin, elles s'étaient résignées à tout endurer pourvu que cela fît l'affaire — je n'ose dire la joie — de Ditter…»

Mais la santé des singes étant excellente et leur instinct du jeu, une fois qu'ils avaient réintégré le vaste enclos qui leur tenait lieu de jungle, ne paraissant pas autrement souffrir du traitement quelque peu barbare que leur infligeait l'expérimentateur, la sensibilité de Mireille diminua jusqu'à disparaître tout à fait. Et vint le moment où Ditter et sa femme purent deviser en toute tranquillité d'esprit tandis qu'à leurs côtés, ficelé dans son fauteuil et l'air d'un Martien avec son crâne hérissé de fils électriques, l'atèle «répondait» de son mieux aux «questions» que, par l'intermédiaire des électrodes, lui posait Ditter.

Aux yeux de tous, l'entente du couple était de celles qu'on qualifie de «parfaite». Depuis plusieurs mois toutefois, de gros nuages s'amoncelaient sur leurs têtes, obscurcissant le ciel jusqu'ici limpide de leur vie conjugale. Deux fausses couches successives ayant poussé, à tort ou à raison, Mireille à croire qu'elle ne pourrait plus jamais avoir d'enfants, elle s'imagina que son mari lui en tenait rigueur d'autant plus que, à l'égard de son chien et des deux chats de la maison, Ditter manifestait une tendresse que Mireille jugeait excessive et symptomatique.

Le sentiment de culpabilité que conçut et que devait entretenir la jeune femme eut pour effet qu'elle se mit à faire preuve d'aigreur voire même de jalousie à propos de faits somme toute mineurs se rapportant à Ditter. C'est ainsi qu'elle se figura que, puisque son époux ne rentrait pas déjeuner le midi, c'est qu'il avait une autre femme dans sa vie. Ditter avait beau se justifier, arguant de ses travaux ou de discussions très prenantes avec son patron, Mireille ne désarmait pas. Un beau jour, agacé par la suspicion de sa femme, troublé puis accablé par les reproches plus ou moins déguisés dont Mireille ne tarda pas à abuser, Ditter prit la décision de s'enfermer dans le silence à chaque fois qu'elle faisait mine de se lancer dans ce qu'il appelait non sans raison ses «lubies». Les choses ne s'améliorant toujours pas, après lui avoir conseillé de consulter un psychiatre, Ditter, pour ne pas avoir à supporter les récriminations de Mireille, prit l'habitude de s'attarder le soir à son laboratoire.

Sur ces entrefaites, l'Institut des Sciences bénéficia d'une subvention qui lui permit d'acquérir et de faire venir du Brésil un couple de singes atèles d'une race jugée plus «évoluée» que celle des individus en sa possession. Le surlendemain de son arrivée et pour des raisons qu'on ne put expliquer, le mâle succombait; le jour même, la femelle cessait de s'alimenter.

Ces atèles ayant coûté l'équivalent d'une petite fortune, Ditter, de crainte que le second animal ne mourût lui aussi, décida de s'en occuper aux lieu et place du soigneur habituel.

Entre le singe esseulé et l'homme animé d'un profond instinct de curiosité s'établit un véritable échange affectif, quelque chose de comparable au *coup de foudre.*

Lucinda — c'est ainsi que Ditter baptisa la femelle — était un fort bel animal d'environ un mètre de haut, à la fois robuste et élégant. Quand il se déplaçait dans son enclos, l'atèle avait cette allure un peu nonchalante et faussement dégagée des adolescents en quête d'un partenaire amoureux. Le regard que Lucinda coulait de ses deux grands yeux noirs nimbés d'une bande de la même couleur était vif et intelligent (on ne peut trouver d'autre terme pour qualifier cette étincelle particulière née du cerveau), et la houppe de soies raides qui, telle la visière d'une casquette un peu fatiguée d'un *teenager* américain, s'élançait du haut de son front, soulignaient la candeur juvénile et l'expression étonnamment mobile de sa face aux lèvres si bien dessinées. Caractère distinctif de la race à laquelle appartenait l'atèle, la fourrure fuligineuse du dos s'ornait, sur les épaules et les omoplates, de longs poils au blanc presque pur. Lorsque, se tenant debout tout contre le grillage, Lucinda, la tête penchée sur le côté en un mouvement éminemment gracieux, élevait avec lenteur ses grandes mains tridactyles en un signe d'appel ou peut-être de reconnaissance, la queue dressée formant point d'interrogation, on eût dit que la bête manifestait ainsi envers Ditter sa peine et son chagrin d'avoir été trop longtemps privée de sa présence.

Grâce aux soins attentifs dont l'entoura Ditter, Lucinda recouvra bien vite le goût de vivre et de jouer. Connaissance une fois liée avec ses congénères, ce qui n'alla pas de soi eu égard à son caractère dominateur et à l'espace qu'elle estimait lui être nécessaire, on la vit se balancer de branche en branche et se livrer à mille acrobaties entre les trois grands manguiers qu'on avait plantés dans l'enclos. Mais que vienne à surgir Ditter, alors, en quelques bonds rapides, Lucinda accourait et, la main tendue, prenait la pose tout en laissant filtrer de ses lèvres entrouvertes une sorte de gazouillis.

Il n'y avait pas à s'y tromper: l'atèle était très heureux de revoir Ditter à qui il réservait ses mimiques expressives, dévoilant ainsi la profondeur de son amour pour lui.

De son côté, Ditter était confondu par les réactions du singe qu'il qualifiait, pour qui voulait l'entendre, de «quasi humaines». Quand arriva le jour de la première séance au laboratoire, Lucinda se dirigea droit sur Ditter et lui prit la main. Puis, son regard plongé dans les yeux de l'humain, elle émit une succession de sons brefs et doux pour, se plaçant résolument à ses côtés, prendre le chemin du bâtiment de neurologie comme elle l'avait vu faire avec ses frères simiens.

A cet instant, l'attention amusée que Ditter vouait depuis le première jour à l'atèle se mua en quelque chose de différent et de plus profond, affection incoercible de l'homme et de son chien mais aussi effroi vis-à-vis de ce qui lui était révélé et ne pouvait être accepté — à savoir la dilection souveraine d'un *animal* envers un être *humain*.

Avec complaisance, Lucinda se prêta à tout ce que le biologiste voulut — pesées, mensurations, examens morphologiques divers — sans jamais se départir de son calme ni d'une attitude de bonne volonté et de curiosité. Elle obéissait à la voix de son «maître» et ne manifestait aucune crainte. Mais quand Ditter, appelant son assistant à la rescousse, s'approcha d'elle, une seringue à la main, il se passa un fait curieux. Lucinda, posant un regard noyé d'inquiétude alternativement sur Ditter et sur la *chaise de contention* qu'elle avait humée, s'accroupit et s'entoura la tête de ses bras repliés.

Ditter fut saisi à un point tel par cette attitude exceptionnelle du singe qu'il renonça pour cette fois à lui administrer le sédatif qui lui eût permis de dénuder le crâne et de poser les électrodes.

Tout à ses obsessions, Mireille accordait peu d'attention aux recherches de son époux, écoutant d'un air de distraction les récits que, certains jours, il lui rapportait des faits grands et petits de son laboratoire. Quelquefois, parce que le couple avait retrouvé, le temps d'une soirée, la bonne entente d'avant, Mireille taquinait Ditter au sujet de ses «amours» avec Lucinda. Un soir qu'ils en discutaient, Ditter lui confia ses hésitations à «questionner» Lucinda dont le comportement le touchait tant. Sa femme lui répondit qu'elle ne le comprenait pas bien, étant donné qu'avec les autres pensionnaires de l'Institut, tous singes atèles comme cette femelle, il ne ressentait ni gêne ni remords à leur poser ses aiguilles et à les «électrocuter» — terme impropre dont Mireille usait et qui avait le don de provoquer l'indignation de Ditter.

Au fond, peu lui importait l'animal pourvu que Ditter soit aux petits soins pour elle, le singe n'étant qu'un moyen somme toute commode de provoquer une discussion animée qui, inévitablement, finirait en corps à corps amoureux. Car si dans sa vie sentimentale et dans son vécu de tous les jours le couple subissait les effets pervers de l'attachement qui se croit bafoué, l'attrait sexuel restait encore vif entre les partenaires.

Mireille ne portait aucune espèce d'affection à Lucinda qui lui rendait au centuple son antipathie. Quand elle se rendait au laboratoire, Lucinda, à la vue de la jeune femme, grimaçait et poussait des cris que ni les caresses ni même les menaces dont Ditter usait ne parvenaient à faire cesser.

Etonné de l'attitude du singe, le biologiste s'en inquiéta. Se pouvait-il que Lucinda eût compris que Mireille partageait sa vie et que l'atèle en ressentît de la jalousie? Cette idée lui paraissant incompatible avec ce qu'il savait de la psychologie et de l'intellect de la gent simienne ainsi qu'avec sa propre représentation du monde animal, Ditter, après avoir consulté nombre d'articles et plusieurs ouvrages de sa bibliothèque, se résolvait à prendre l'avis d'un collègue.

Fort à propos, l'I.N.R.A. consacrait quelques lignes de son dernier Bulletin de liaison à une nouvelle recrue, le Dr Dominique Chavanes, jeune éthologiste de l'université de Rennes qui avait consacré sa thèse à l'étude des mœurs d'une population africaine de chimpanzés.

Ditter lui téléphona le lendemain.

«... Et c'est à partir de ce fait — non, mais vous vous imaginez!? s'exclama notre hôtesse, comme si la jalousie d'une bête à l'égard d'un être humain était chose si peu courante et extraordinaire. C'est à partir de ce fait que tout se joua.»

Nicole voulut bien interpréter comme un encouragement à poursuivre le silence qui accueillit ses propos. Mais son mari lui ayant fait signe, elle se leva et, nous gratifiant d'un sourire gracieux, nous pria de bien vouloir patienter et de l'excuser quelques instants.

Il se faisait tard et la pluie qui continuait de tomber tambourinait avec force sur les persiennes vitrées. Avec tout l'art d'un conteur oriental, Nicole avait su éveiller notre curiosité et nous tenir en haleine. Pour ma part, j'étais anxieux de connaître le fin mot de l'histoire — et je n'étais pas le seul! Nous avions rencontré par deux fois le propre frère de Mireille N..., qui avait lui aussi épousé une Créole, une cousine de ma femme, et il nous avait raconté que son beau-frère avait dû «abandonner» la Guadeloupe à la suite de «circonstances» dont les gens disaient qu'elles étaient «mystérieuses».

Comme je me penchais pour me servir à nouveau de ce rhum vieux d'avant-guerre, nos regards se croisant, Annick et moi échangeâmes un clin d'œil appuyé d'une moue amusée: nous nous étions compris à demi-mot. J'allais lui demander ce qu'elle pensait du récit de Nicole, quand le retour de celle-ci m'en empêcha.

Le «jeune chercheur» de l'I.N.R.A. s'avérait être en fait une «chercheuse» ainsi qu'une agréable et élégante jeune femme dont la candeur du regard et les taches de rousseur, alliées à ses étonnantes connaissances des mœurs simiennes, firent sans délai l'admiration puis la conquête de l'intransigeant homme de science qu'était Ditter.

Trois rencontres et quelques heures de discussions animées suffirent pour faire d'eux non seulement des amis, mais aussi les amants.

Cette nouvelle relation de son mari (aux yeux de tous purement professionnelle) déplaisait à Mireille qui, en son for intérieur, reprochait à Dominique Chavanes sa «suffisance» et sa manière de «monopoliser la conversation» — ce qui était de sa part une pure invention. Car si la conviction que mettait Dominique dans ses réponses et l'argumentation dont elle usait la plaçait d'emblée à un niveau intellectuel enviable, elle ne se départait jamais d'une réserve d'autant plus grande qu'elle se trouvait en compagnie de l'épouse de Ditter.

Très vite, en dépit de la sourde opposition qu'il devinait chez Mireille, Ditter prit l'habitude d'inviter Dominique à le rejoindre à l'Institut les mercredi et samedi après-midi. Tout naturellement, il l'introduisit chez lui, et bientôt elle devint une familière de leur demeure.

A les écouter discuter et s'exclamer, et au vu de la chaleureuse entente qui régnait entre les deux chercheurs, l'instinct de Mireille lui soufflait ce que tous deux lui cachaient: qu'ils s'entendaient trop bien pour qu'il n'y eût pas anguille sous roche, et que son mari la trompait avec Dominique.

Elle en éprouva tant de dépit et de jalousie, qu'elle en eut des poussées d'urticaire et des insomnies.

Mireille, qui connaissait la sensibilité de Ditter, comprit cependant que si elle provoquait des explications, elle risquait de le perdre. Cachant son irritation et sa jalousie sous un masque de bonhomie et de gentillesse, elle décida de faire contre mauvaise fortune bon cœur. Se coulant dans les bonnes grâces de Dominique, lui proposant de lécher les vitrines avec elle ou d'aller se baigner en sa compagnie, et par plusieurs autres procédés, elle s'attacha à la persuader qu'elle éprouvait pour elle de l'amitié et qu'elle était son amie.

Mais pour Mireille, sur qui le sort semblait s'acharner, il y avait autre chose qu'elle avait du mal à accepter.

Par l'effet d'un hasard capricieux, et à la joie de Dominique et de Ditter que la curiosité scientifique rapprochait encore, Lucinda déployait envers l'éthologiste les charmes d'une séduction qu'elle réservait d'ordinaire à son «ami» Ditter. En présence de Dominique, le babil de l'animal était en effet doux et harmonieux, et ses gestes avaient cette langueur particulière qui ne peut tromper l'observateur, fût-il un non-initié. Qui plus est, Lucinda se laissait volontiers caresser par Dominique, ce que n'aurait jamais osé Mireille qui détestait le contact de la fourrure des singes.

Un après-midi qu'elle avait surpris le trio en pleine euphorie (si l'on peut dire), Mireille en ressentait un immense dépit. Prétextant une course urgente, elle s'éclipsait, la rage au cœur.

Les jours suivants, tout en arborant une expression de circonstance, Mireille, bafouée qu'elle était dans sa dignité de femme et humiliée dans sa fierté d'épouse, se sentant incomprise et rejetée par Ditter pour qui ne comptait plus que les sourires de sa rivale et l'observation des mœurs de Lucinda, se mit alors à cultiver ces fleurs empoisonnées qui poussent d'autant plus facilement que le terrain s'y prête — les idées noires. Bientôt, elle sombrait dans un état de lassitude proche du désespoir. Son poids, qui jusque-là était en dessous de la norme, diminua encore et, les commissures de ses lèvres marquées d'un pli d'amertume, ses joues se creusèrent davantage. Dans l'incapacité de partager ses soucis avec les membres de son entourage — ses parents, qui n'auraient pas compris sa jalousie et sa détresse, ou ses amis, qui en auraient fait des gorges chaudes —, Mireille se réfugia dans une solitude d'autant plus amère qu'elle était intérieure. Puis, se figurant que Lucinda était la cause de tous ses malheurs, elle se prit d'une véritable haine pour le malheureux atèle. Retrouvant tout d'un coup sa foi de petite fille, elle se mit à prier, suppliant le ciel qu'Il fît quelque chose en sa faveur et que survînt un événement, quelqu'un, qui modifiât le cours de sa vie et agît de façon telle que revînt l'équilibre existant entre elle et Ditter avant l'arrivée de Lucinda et de Dominique.

Un soir de la mi-octobre, Ditter rentra chez lui plus tôt que d'habitude. A Mireille qui s'en étonnait, il apprit d'un ton joyeux qu'il venait de se produire au laboratoire ce qui constituait un véritable exploit: Lucinda était grosse de ses amours avec Tony, un superbe mâle de cinq ans avec qui elle «flirtait» depuis plusieurs semaines. C'était la toute première fois que des singes atèles se reproduisaient en captivité. En conséquence, le directeur de l'Institut, à la demande de Ditter, avait diffusé une note de service dans laquelle il annonçait que Lucinda était dispensée jusqu'à nouvel ordre d'«expérimentation électroneurologique» — autrement dit, de séances à la *chaise de contention*. Pour fêter ces bonnes nouvelles, Ditter avait invité à dîner pour le lendemain Dominique Chavanes ainsi que son patron et madame V..., l'épouse du distingué professeur.

«... Que se passa-t-il dans le cerveau de Mireille? s'interrogea Nicole. J'avoue ne l'avoir pas découvert. Ce qui est sûr, c'est que ma pauvre amie fut atteinte d'une véritable crise de folie: sur-le-champ, elle décida — tenez-vous bien — de *supprimer* Lucinda!»

La pendule de chevet indiquait une heure. Sans bruit, Mireille repoussa le drap et se leva, silencieuse comme une ombre. L'alcool avait assommé Ditter qui, le bras replié sur le front, dormait la bouche ouverte en émettant de légers ronflements. Sans un regard pour la forme allongée sur le lit, Mireille s'habilla et gagna le rez-de-chaussée où se trouvait la cuisine. Du casier à légumes du réfrigérateur, elle sortit une boîte de plastique scellée d'un ruban adhésif; puis, furtive, elle se glissa au-dehors.

La fraîcheur de la nuit la fit frissonner. Après avoir jeté un rapide regard autour d'elle, Mireille se dirigea d'un pas vif vers les bâtiments situés en contrebas de chez elle.

«Ah, se disait-elle, comme je me suis moquée d'eux ce soir! Cette petite prétentieuse de Dominique qui croit tout savoir et que je méprise, cette pimbêche de madame Mauricette, et ce gros lourdaud de professeur! Ah, Ditter, Ditter, je te jure que tu vas payer...»

L'idée qu'elle allait faire souffrir son mari tout en exerçant sa vengeance lui donnait un délicieux sentiment de griserie. Il y avait longtemps qu'elle ne s'était pas senti le cœur aussi léger. L'impression de détenir un pouvoir redoutable et d'exercer des représailles dignes d'une héroïne de ces romans qu'elle aimait agissaient sur elle comme une drogue: ses pieds effleurant à peine le sol, elle planait. La petite Saintoise, dont la bonne société guadeloupéenne se payait la tête parce qu'elle n'avait pas les manières d'une dame et de qui «on» s'était moqué, allait leur montrer...

Tout à ses pensées, Mireille donna presque de la tête contre le mur du laboratoire. Les sens en éveil, elle longea le long bâtiment où se trouvaient les bureaux de Ditter pour, parvenue à son extrémité, bifurquer en direction de l'enclos des singes. Elle s'arrêta au pied de la clôture et prêta l'oreille: aucun bruit, les singes dormaient, paisibles sous leur abri. De l'endroit où elle se trouvait, elle distinguait leurs silhouettes, boules de fourrure pelotonnées les unes contre les autres. S'efforçant de dominer l'appréhension qui la gagnait, en s'éclairant de sa lampe de poche, Mireille fit jouer la serrure du portail qui commandait l'entrée de l'enceinte où se trouvaient les manguiers. Puis elle se dirigea vers la grande cage où, depuis qu'elle était pleine, on isolait Lucinda pour la nuit.

La porte de la cage crissa en pivotant sur ses gongs. Etendue à même le sol recouvert de paille, Lucinda, sa longue queue ramenée entre ses pattes et son bras droit lui servant d'oreiller, reposait, immobile et en apparence endormie.

Sans perdre de temps, Mireille ôtait le couvercle de la boîte dont elle s'était munie et en sortait une pomme rouge, friandise dont raffolait Lucinda. Dissimulée à l'intérieur de la pomme, se trouvait une noisette de strychnine que Mireille avait dérobée dans la réserve des produits chimiques du laboratoire de neurologie.

Car tel était l'instrument qu'elle s'était donné pour accomplir son noir dessein: une pomme empoisonnée.

Comme elle s'avançait pour déposer le fruit, Lucinda fit entendre un sourd grognement. En équilibre sur une jambe, Mireille retint son souffle; mais rien ne se passant, elle fit encore deux pas en avant.

Si, à cet instant, Mireille eût déposé la pomme et se fût enfuie, il est certain que Lucinda eût été trouvée morte au matin et que rien de cette histoire ne se serait ébruité. Au lieu de quoi, poussée par la curiosité morbide ou encore besoin de savourer ce qu'elle imaginait comme son triomphe, Mireille, fascinée, contemplait l'animal comme s'il était, à lui seul, Dominique Chavanes et toutes les maîtresses que son mari était supposé avoir eues.

«… Cette scène avait dû être hallucinante!»

Nicole insistait, désireuse de nous faire partager l'horreur et le ridicule de la situation.

«Imaginez-vous cette frêle jeune femme, le regard étincelant de haine rentrée, fixant dans le clair-obscur d'une cage un singe endormi, une pomme empoisonnée à sa portée! Vraiment, j'en frémis encore...»

Brusquement, la scène s'anima. Il y eut un *clac!* et Mireille sursauta. La porte, qu'elle avait lâchée, s'était automatiquement refermée, l'emprisonnant dans la cage. En un éclair, elle se retournait pour prendre la fuite, mais dans sa précipitation sa lampe-torche lui échappait des mains et roulait hors de portée. Il y eut un froissement, et l'horreur s'empara de Mireille: babines retroussées, l'expression menaçante, Lucinda se dressait devant elle.

Terrorisée, Mireille recula et s'appuya à la porte. Ses doigts étreignant la serrure, elle essayait de l'ouvrir tout en maudissant sa maladresse et sa curiosité.

De son côté, Lucinda avait senti la délicieuse odeur parfumée. Etonnée, elle regarda Mireille qui ne bougeait pas, puis reporta son regard sur la pomme. Dans son cerveau de primate pas aussi primitif qu'on le croit, le singe associa l'image de son ennemie à la friandise que Ditter lui donnait d'habitude avec parcimonie. Elle hésitait, partagée entre le désir de croquer le fruit et de se précipiter sur le dieu femelle qui, en dépit de la haine qu'elle lui vouait, lui avait pourtant apporté un présent.

Lucinda remua fébrilement les babines, allongea le bras et ramassa la pomme: la gourmandise l'avait emporté sur sa détestation de Mireille. Elle renifla plusieurs fois le fruit et s'accroupit pour le déguster, son regard braqué sur la silhouette humaine.

Evitant tout geste brusque qui eût effrayé Lucinda, les yeux dans ceux du singe, Mireille s'efforçait de faire jouer le mécanisme d'ouverture, anticipant le moment où, la pomme avalée, le poison allait foudroyer Lucinda.

Mais pour qui tient ses mains derrière le dos, il n'est pas facile d'ouvrir une serrure. Pour Mireille, les secondes qui s'écoulaient étaient les pires qu'elle eût jamais vécues. Elle s'efforçait de conserver son calme, mais son pouls s'accélérait, elle avait envie de crier de toutes ses forces et d'appeler au secours.

Soudain, Lucinda s'arrêta de mastiquer. Se relevant, la bave à la gueule, elle cracha plusieurs fois et se pencha pour boire à grandes lampées. Son corps se mit à trembler et elle porta les mains à son ventre. Puis, la nuque rejetée en arrière, montrant les dents, elle poussa un long et fort appel modulé.

En un instant, l'enclos voisin qui jusque-là sommeillait, s'éveilla. S'élançant hors de leur abri, cabriolant dans la cour d'enceinte ou sautant de branche en branche tout en hurlant sur un ton aigu, la troupe de singes semblait prise de folie.

Paralysée par la proximité de Lucinda et ce terrible vacarme qui emplissait la nuit, Mireille avait l'impression que sa dernière heure était venue. Comme dans un rêve, elle vit l'atèle se diriger vers elle, les mains tendues, l'œil fou, la gueule ouverte et râlant déjà.

Alors elle ne se contint plus. Poussant un grand cri, elle se précipita sur le côté, bousculant Lucinda qui perdait l'équilibre et entraînait Mireille dans sa chute.

«… Quand au reste, je vous fais grâce des détails, continuait Nicole qui nous ne nous les épargna cependant pas. Mireille qui trébuche et tombe dans les bras de Lucinda; le singe qui, en un ultime effort, s'efforce de mordre dans la gorge qui se dérobe mais qui n'y arrive pas et meurt en serrant Mireille contre elle. Puis les efforts frénétiques de mon amie pour ouvrir la grille et qui se casse les ongles avant d'y parvenir; sa course enfin pour regagner son domicile non sans avoir récupéré sa lampe-torche et avoir refermé la cage... Oh là, là, mes amis, quelle histoire, mais quelle histoire! Je me demande pourquoi je vous ai raconté ça!? Il ne faudra pas le répéter, n'est-ce pas? La pauvre enfant en a eu pour son compte, croyez-moi.»

Nous ses convives, étions aussi émus que notre hôtesse: c'était en effet une histoire peu banale, et nous savions tous que Nicole n'était pas de ce genre de femmes à inventer une anecdote pour le plaisir de capter l'attention de ses invités.

S'efforçant de faire preuve de tact, et mettant dans sa voix un détachement qu'elle ne ressentait pas, Annick demanda:

«Mais, Nicole, tu ne nous a pas dit *comment* ça s'est terminé. Que sont donc devenus Mireille et Ditter? Et que s'est-il passé, après...?»

Nicole ouvrait la bouche pour répondre quand la lumière baissa brusquement, s'éteignant presque. En dépit de mon habitude des pannes d'électricité (chose courante dans ce pays), j'eus la sensation que cette baisse de courant n'était pas normale, que c'était là un signe tangible d'un «ailleurs» invisible qui, entité espiègle, se manifeste à nous quelquefois. Ne chuchotait-on pas que les parents de Nicole P... étaient des gens «bizarres» et que cette antique maison, construite de briques et de bois du pays, avait «très mauvaise réputation»? Les P... passaient aussi pour des gens qui avaient réussi grâce à la fréquentation assidue des *cakouès*, des maîtres sorciers du pays.

Soudain, deux grands éclairs zébrèrent les ténèbres, illuminant le ciel gris, et deux formidables coups de tonnerre retentirent, suivis par un roulement dans le lointain. Presque aussitôt, sur le mur de la salle de séjour, je vis grandir une ombre, forme fluette aux membres démesurés.

«Ah, Mimi, c'est toi? s'enquit tranquillement Nicole. L'orage t'a réveillée? Va te coucher, ma chérie. Il n'y a rien à craindre. Allons, va…»

Obéissant, l'enfant fit demi-tour et retourna dans sa chambre.

«Ma chère, la conclusion est des plus banales.» Nicole haussa les épaules, l'expression fataliste.

«Le lendemain de cette nuit d'épouvante, Ditter, alerté aux aurores par le gardien, se précipitait à la ménagerie…»

Arrivé sur les lieux, en présence du cadavre de ce singe qu'il aimait comme son propre enfant, le biologiste eut du mal à contenir son chagrin. Rentré chez lui, une lettre de sa femme l'attendait qui le fit subodorer ce qui s'était passé. Mireille lui expliquait qu'elle retournait aux Saintes vivre chez sa mère, qu'elle en avait assez d'être considérée comme une «potiche» dans sa propre maison, et qu'il ferait mieux de ne pas chercher à la revoir.

«… Le divorce fut prononcé quelques mois plus tard, aux torts réciproques des époux. Mireille vit maintenant à Saint-Martin, avec un boutiquier chinois. Quant à Ditter, il a convolé en justes noces avec Dominique Chavanes. Tous deux se sont installés en Guyane, où Ditter et Dominique étudient les mœurs des singes atèles en liberté.»

LE NAUFRAGEUR

Avec lenteur, poussée par le vent d'est, la masse mouvante des nuages s'avançait, formidable cohorte uniformément gris sombre qui petit à petit recouvrait le ciel. Dans quelques minutes, la mer et la terre se confondraient et, le clair-obscur que diffusait la brillance des étoiles évanoui, on ne distinguerait plus rien à dix pas. Venus des profondeurs de l'Atlantique, les énormes rouleaux, leur tête encapuchonnée d'une dentelle immaculée, se précipitaient sur les récifs pour s'y écraser en un grondement aussi puissant qu'un roulement de tonnerre.

L'homme qui se tenait en retrait sur la berge fit un saut en arrière: l'heure n'était pas encore arrivée pour lui de se mouiller les bottes. Puis, le visage tourné vers le nord, il se remit en faction.

Une dizaine de minutes s'écoulèrent avant que l'homme ne bougeât la tête. Il n'était pas loin de minuit, il en avait assez de faire le guet. «Mais qu'est-ce qu'il fout!? grogna-t-il car sa déception allait augmentant. Voilà bien une heure que ce satané rafiot devrait être en vue... Oua-No! s'exclama-t-il à haute voix, tu distingues quelque chose?»

Une voix un peu cassée aux accents étranges s'éleva à ses côtés.

«Non, maît', j'vois rien d'rien. Pou'tant, l'vent est bon... C'est p't'être pas l'bon jou'?»

L'homme réfléchit quelques instants avant de s'adresser à nouveau à l'invisible possesseur de la voix.

«Non, mes renseignements sont corrects. Il a dû relâcher à la Dominique ou quelque chose comme ça. Patience donc. Ranime les braises, veux-tu? Il faudra faire vite, quand...»

Il se tut brusquement.

Les ténèbres bougèrent et, non loin, les deux couvercles de fer-blanc percés de trous se soulevèrent. A la lueur des foyers ainsi découverts, deux silhouettes humaines apparurent. Les silhouettes se déplacèrent et, le blanc de leurs yeux globuleux brillant dans la nuit, lancèrent prestement quelques morceaux de bois de campêche dans les feux avant de remettre les couvercles à leur place.

«Bien, dit l'homme qui portait un couvre-chef de cuir et une courte redingote. Maintenant, Oua-No, tiens-toi prêt et attends mon signal... Tout le monde est à son poste?»

La silhouette qui répondait au nom de Oua-No siffla doucement. A peu de distance, quatre autres sifflements s'élevèrent, identiques au sien.

«Si dans une heure ce maudit brigantin n'est pas au rendez-vous, c'en est fini pour cette fois... Putasse du diable! Un joli butin de perdu, Oua-No.

— Oui, maît'.»

L'homme à la redingote allait encore pester quand un appel modulé s'éleva sur sa gauche. Aussitôt, il regarda en direction du large.

La lune à son premier quart et le firmament maintenant libres de nuages, on distinguait nettement une voile qui montait et descendait au gré des vagues.

«C'est lui! s'exclama l'homme que Oua-No appelait maître. Maintenant, aux feux, et presto!»

Obéissant à l'injonction, Oua-No découvrit les braises et y lança des brassées de paille sèche. De longues flammes s'élevèrent et, les feux attisés par le vent, un rougeoiement caractéristique se produisit qui illumina une longue langue de terre en arrière de la frange de récifs.

«Bon. A présent, il va venir droit sur nous. Hé là, vous autres! cria-t-il, ses mains faisant office de porte-voix. Moco! Samuel! allumez les autres feux…»

Plus au sud, deux autres brasiers identiques aux précédents apparurent. Les guetteurs purent se rendre compte alors que le voilier, infléchissant sa route, faisait voile droit sur les feux.

«Oua-No, écoute-moi. Tu sais qui commande ce rafiot, n'est-ce pas? C'est ce diable de Tommy le Boiteux. Je te garantis que, cette fois, lui et sa cargaison ne nous échapperont pas. Il connaît mal les parages: mon cher frère lui a dressé un plan des lieux — je le sais parce que je l'ai vu, ah, ah! (il partit d'un rire grinçant) — avec lequel il aura quelque peine à s'y retrouver, je te le promets! La brise est pour nous, il lui sera impossible de manœuvrer. Alors…»

L'homme qui était le chef baissa la voix et, les yeux brillants tout proches de sa bouche, donna à Oua-No ses dernières instructions.

A bord du *Requiem*, depuis qu'on avait repéré les feux l'affairement était à son comble. Le brigantin courant au largue, et la proximité de la terre incitant à la prudence, le capitaine Tommy avait fait réduire ses voiles d'avant et, comme toujours dans ce genre de situation, fait parer les manœuvres d'arrière: en cas de problème de dernière minute, le brigantin n'aurait pas grand mal, pensait son capitaine, à virer de bord grâce à sa grand-voile enverguée sur son gui. Le navire et les sept hommes d'équipage peinaient dur car, à cette allure, la mer les malmenait furieusement. Debout près de la barre, le capitaine Tommy surveillait les feux et la frange d'écume, droit devant, guettant de son œil exercé la passe étroite dans laquelle le *Requiem* aurait à se faufiler le moment venu.

C'était la seconde fois qu'il approchait de Basse-Pointe par un temps pareil, de nuit; et bien que les parages de l'Anse du Fantôme eussent une réputation exécrable, il savait que la crique elle-même était un abri sûr et que Le Testor avait placé ses hommes. Il n'avait, se morigéna-t-il car son instinct de routier des mers lui soufflait qu'un danger inconnu les guettait, à s'inquiéter de rien.

Brusquement, les creux s'accentuèrent et, au milieu d'un fracas insupportable, le brigantin donna de la bande. Les sens en alerte, Tommy et deux de ses meilleurs matelots s'efforçaient désespérément de trouver l'ouverture attendue. Le vaisseau se trouvait dans l'axe voulu, son beaupré dirigé entre les deux séries de feux; mais, en avant de l'étrave, il n'y avait toujours qu'une haute frange d'écume. Comme Tommy s'interrogeait sur la conduite à tenir — la frange d'écume se rapprochait trop vite à son goût, et l'amorce des déferlantes était bien trop proche... — un craquement se fit entendre, frottement sinistre de la pierre contre une coque de bois.

En un éclair, le capitaine comprit.

«Vite, Mick, la barre en dessous... Aux cordages, vous autres! Choque et bitte! Nous touchons aux récifs...»

Mais il était déjà trop tard. Pour le *Requiem* happé dans le tourbillon des déferlantes et dont la coque raclait le récif aux pointes acérées, il n'y avait plus aucun espoir: en quelques minutes, son sort et celui des hommes qui le montaient serait à tout jamais réglé.

Sur la berge, François Le Testor d'Aleps, trafiquant en tout genre mais aussi armateur et honorable maître de case à la Martinique, Oua-No à ses côtés, contemplait en jubilant ce qui était son œuvre que parfaisait celle de la nature en furie: le *Requiem* en train d'être englouti. Une sorte de jouissance et de paix intérieure avaient remplacé l'anxiété qui, depuis presque une heure, lui compressait la poitrine. Il y avait des années qu'il attendait pareil moment: s'emparer d'une riche cargaison que son imbécile de frère avait achetée, et, par la même occasion, régler son compte à ce salopard de Tommy.

Amenés par l'écume, déjà les ballots et les barils s'accumulaient sur le platier au milieu de débris de toutes sortes et de plusieurs cadavres déchiquetés d'horrible façon. Sortant de la rêverie dans laquelle il était plongé, François Le Testor donna le signal de la curée: ses hommes et lui ne disposaient que du temps nécessaire pour tout emporter d'ici l'aube.

Aidé de ses esclaves et comparses, François Le Testor travailla dur pour récupérer le butin, en charger les charrettes, puis enterrer les cadavres et brûler tout ce qui pouvait l'être. Quand, au petit matin, le soleil fit son apparition, au lieu-dit «Le Gibet Yvernois» situé à mi-chemin de Basse-Pointe et de Macouba, sur la grève déserte qui quelques heures plus tôt avait été le théâtre d'un naufrage suivi d'un pillage, il ne restait que des débris épars. Dans le vent qui soufflait en rafales, une nuée d'oiseaux de mer, indifférents aux embruns, piquaient sur les restes de tripaille, se disputant bruyamment et gobant tout ce qu'ils pouvaient chaparder.

Du *Requiem* et de son équipage, nulle trace sinon ce que les vagues avaient réussi à remporter. Et en ce lieu de la côte martiniquaise, si quelque quidam se fût approché (mais qu'est-ce qu'un chrétien serait venu chercher dans ce coin inhospitalier du nord de l'île?), il n'aurait rien remarqué de bien particulier si ce n'est l'afflux d'oiseaux de mer.

Pourtant, à la même heure et à environ deux lieues plus loin, en longeant la côte vers Basse-Pointe, quatre hommes aux traits fatigués arpentaient nerveusement le sol de ce qui avait été, il y avait peut-être deux ou trois décennies, une terre marécageuse qu'on appelle ici un «ester». Disposés de chaque côté d'une plage où venaient clapoter les vaguelettes qui avaient franchi le large couloir entre les récifs, quatre feux achevaient de se consumer.

Cet endroit s'appelait l'Anse du Fantôme et ces quatre hommes étaient des contrebandiers; mais pas tous et pas n'importe lesquels, à dire vrai: trois de ces gens étaient aussi de respectables négociants et des «habitants», des propriétaires terriens, honorablement connus dans l'île. L'un d'eux, pas très grand et le corps enveloppé des gens qui ne se donnent pas suffisamment d'exercice, mais vigoureux cependant, semblait particulièrement soucieux: car c'était lui le chef de cette expédition et celui qui avait misé le plus gros dans cette affaire. Il s'appelait Pacifique Le Testor du Puits. Ses camarades et lui-même se trouvaient là depuis la veille au soir.

Une nouvelle fois, Pacifique Le Testor emprunta le sentier qui conduisait à l'extrémité nord de l'Anse. Arrivé à la pointe, il plaça ses mains de façon à protéger ses yeux des rayons du soleil levant et scruta l'horizon: rien, pas une voile en vue. Cette absence de navire était désespérante.

«Si, se dit-il en cet instant, pour une raison ou une autre le brigantin n'atteint pas sa destination, à moins de faire appel à mon frère et de lui emprunter une forte somme, pour moi ce sera la ruine à coup sûr.»

«Pacifique…»

L'homme aux cheveux filasse et aux yeux couleur d'océan qui avait suivi son associé éleva la voix pour attirer son attention.

«Il ne viendra plus, à présent: rien n'est plus certain. Allons-nous-en, veux-tu? Une patrouille peut surgir à tout moment: tu sais comment les soldats sont nerveux, ces temps-ci. Allons, ne tardons plus.

— Oui, tu as raison, il faut partir. Ah! si je tenais ce maudit Peter Hobsen et ce galapiat de Boiteux, je te jure que je…»

Il étouffait de rage contenue.

«Non. Toutes les précautions ont été prises, tu le sais. J'ai peur que quelque chose ne soit arrivé au *Requiem*. Demain, nous irons à Macouba et à Saint-Pierre nous renseigner… Tommy est sûrement une crapule, mais son fils est au Lorrain, non? Allons, viens… Il fait grand jour.»

Sans un mot, serrant les lèvres de dépit, le visage aux traits lourds habituellement coloré devenu blafard, Pacifique Le Testor se retourna.

Les deux hommes firent le chemin inverse pour regagner le fond de l'anse. Là, aidés des deux autres, ils enterrèrent les tisons, puis le plus jeune d'entre eux se mit en devoir d'effacer toute trace dans le sable.

Quand ces hommes, ayant grimpé dans les charrettes, se mirent en route, au loin une cloche tinta qui sonnait les six coups de l'heure.

* *

«A la nôtre, Jeannot! Encore un coup comme celui-ci, et je me retire des affaires… pour mieux en régler d'autres, bien sûr! Qu'en pense mon fils?»

Le jeune homme à qui s'adressait François Le Testor et qu'il appelait «fils» pouvait avoir dix-neuf ans. Le corps charpenté des Testor mais élégant, les yeux légèrement bridés et les cheveux d'un noir aile de corbeau, il avait la peau lisse et rougeâtre des métis. Métis, il l'était bel et bien, ce garçon à l'allure fiérote que son père contemplait en cet instant avec satisfaction car il était non seulement beau mais, comme on dit communément, c'était aussi quelqu'un qui promettait. Jeannot était le seul fils qu'avait donné à François Le Testor Emilie, la première maîtresse qu'il eût jamais aimée. La pauvre fille était morte en mettant Jeannot au monde, et l'enfant avait été élevé par une sœur d'Emilie qui habitait Macouba. Dès qu'il eut atteint ses douze ans, son père le prenait avec lui afin d'en faire un «second»; car Jeannot, né des amours illégitimes d'une lavandière sang-mêlé et d'un habitant Blanc, était rusé et surtout extrêmement intelligent. C'est ainsi qu'à huit ans, il savait non seulement lire et écrire mais il discutait avec aplomb de tout sujet ainsi qu'un adulte. Mais ce n'étaient point là ses seules qualités car Jeannot, dont l'idée fixe était de devenir «quelqu'un», était dénué de tout scrupule. Aux yeux de son père qui l'idolâtrait en secret, il était un parfait alter ego, le fils idéal à qui — il se l'était juré — il léguerait la plus belle habitation de la Martinique et des biens à faire pâlir d'envie ceux qu'il appelait en son for intérieur et non sans envie les «Seigneurs propriétaires» de l'île — soit les Vieux Habitants de la Martinique.

Le jeune homme réfléchit quelques secondes et dit:

«Oui, p'pa. T'as raison, mais c'est risqué, à présent. Tu t'souviens comment, pour le *Not'Dame*, il avait fallu réagir: à moins d'une, Oua-No, toi et les autres étiez découverts!

86

— Bah! Armés comme nous l'étions, rien ni personne ne pouvait nous arrêter. Pour le *Notre-Dame*, je te l'accorde, ça aurait pu mal tourner: mais j'avais posté deux guetteurs, et tordre le coup à ces deux pleure-pain de pêcheurs ne vaut pas la peine d'être mentionné. Reste que maintenant, il nous faudra faire preuve de beaucoup de prudence: avec les Anglais qui traînent dans nos eaux, cette affaire du *Requiem* risque de faire parler d'elle. Et tu sais pourquoi?»

Un sourire cruel éclaira la figure de Jeannot.

«Bien sûr que j'l'sais, p'pa! Oncle Pacifique va remuer ciel et terre pour apprendre ce qu'il est advenu du vaisseau et d'sa cargaison. Quand il saura que celui-ci a disparu, englouti sûrement, l'monde entier devra être au courant de ses malheurs. Puis il viendra rôder dans les parages…

— Ah, oui? Et pourquoi ça?»

Le ton de François Le Testor trahissait son amusement. Mais au fond de lui, il était émerveillé de la subtilité dont faisait preuve, une fois encore, son rejeton.

«Parce qu'il s'figur'ra que tu lui prêteras à nouveau d'quoi remonter ses affaires, p'pa.

— Et il aura raison de venir me voir, fils, car il est temps de récolter ce que j'ai semé. Sa belle terre en friches du Lorrain, nous l'habituerons dès que possible: je veux y voir pousser bientôt du gingembre, du cacao et le meilleur pétun qui soit. Sa case et son établissement de commerce, je les réaliserai afin d'agrandir ma propre terre de Macouba. Pacifique aura du mal à comprendre ce qui lui arrive, mais il finira bien par se douter de la vérité: à ce moment, pour lui, ce sera trop tard. Quant au reste, meubles, chevaux, bœufs et esclaves…

— As-tu songé à tante Zabeth et à mes cousines?

— Zabeth et…!?»

Le visage de François Le Testor se durcit.

«Oui. C'est de la mauvaise graine de femelles que nous mettrons au pas, fais-moi confiance. Nous avons besoin de bras dans la propriété. Si ces dames veulent manger, elles devront prêter la main pour charfouir et ensemencer… Et lors de la roulaison, leurs six mains ne seront pas de trop dans l'habitation.»

De tempérament prudent, Jeannot n'insista pas: la haine brûlante que son père vouait à son frère Pacifique ainsi que le mépris dans lequel il tenait sa propre tante et ses deux cousines — haine et mépris que François Le Testor dissimulait depuis toujours avec le plus grand soin — ne lui étaient pas inconnues. Et Jeannot fit bien. Car s'il avait pu lire les pensées de l'auteur de ses jours, il eût été pour le moins surpris. En cette minute même, dans la tête de François Le Testor devenu silencieux, germaient des pensées à faire frémir ceux qui avaient vu avec quelle rage, avec quelle frénésie il sabrait ses adversaires au temps de sa jeunesse aventureuse.

François Le Testor fit de la main le geste de chasser une mouche.

«Assez de parlotes, à présent, Jeannot: nous avons du pain sur la planche! La barque est prête et t'attend au Marigot. Avant minuit ce soir, la marchandise devra être à bord. Tu mettras à la voile à deux heures en compagnie du patron, Gardel, et de six de nos meilleurs hommes. Vous serez tous armés jusqu'aux dents… Tu te doutes pourquoi. La barque touchera les côtes de Sainte-Lucie à neuf heures au plus tard. Tu connais les instructions: livrer le tout, encaisser l'argent, et filer le plus vite possible. N'accepte que de l'or en paiement et surtout, pas un sou de crédit à ce gibier de potence d'Harry! Fais bien attention à la chasse anglaise, et tâche de ne pas te faire arraisonner par les nôtres: car si cela t'arrivait à l'aller, fils…»

François Le Testor jeta un regard d'affection à son fils qui, le regard perdu dans le lointain, semblait plongé dans une rêverie.

«… Si cela t'arrivait, continua-t-il et son ton devint menaçant, alors tu te rappelleras que tu n'es pas le fils d'un claquedents! Gardel, Bardi et toi ferez le nécessaire. — Et que le diable vous emporte alors!»

Il se calma tout d'un coup.

«Ce sont là les risques ordinaires du métier, n'est-ce pas? Car à qui veut beurrer son pain, peu lui chaut le sort de la vache.»

Satisfait de l'expression de résolution de Jeannot et non moins heureux d'avoir glissé son proverbe favori, François Le Testor se leva et, avant de pénétrer dans son logis, tapota au passage l'épaule de son fils.

Tandis que ces deux hommes conversaient, Pacifique Le Testor, son homme de confiance et deux de ses commis se dirigeaient vers Basse-Pointe, de retour de Saint-Pierre. Tous quatre étaient soucieux, car les rares nouvelles qu'ils avaient pu glaner depuis la veille étaient mauvaises: à Macouba, personne n'avait vu le *Requiem*. En revanche, des pêcheurs disaient avoir aperçu des épaves au large, tonneaux éventrés et morceaux de mâts, tous indices qui laissaient présumer qu'un navire avait coulé dans ces eaux il y a peu. A Saint-Pierre, ce fut pire: le lieutenant qui commandait la maréchaussée leur apprit que des unités de la flotte anglaise avaient été aperçues, croisant au large de la pointe de Grand-Rivière. Il n'était pas impossible que le *Requiem*, pris en chasse par les frégates ennemies, eût été envoyé par le fond. Enfin, un débarquement de l'Anglais étant prévisible, un ordre de mobilisation générale de la milice, dont faisait partie Pacifique, allait être lancé d'un jour à l'autre par le gouverneur. Pour finir, le lieutenant leur avait conseillé de rentrer chez eux et de se tenir prêt à recevoir la visite prochaine des sergents recruteurs.

Chemin faisant, Pacifique Le Testor ruminait de sombres pensées. Il se disait que défendre la colonie était une chose, mais la perte qu'il subissait allait le laisser, lui et sa famille, tel Job en son grabat. Tout bien pesé, il ne se voyait qu'une unique planche de salut: son cadet, à qui il devait déjà quelques milliers de livres… Mais pourquoi François refuserait-il de l'aider encore? Cette fois, la somme était d'importance. A coup sûr, François exigerait de fortes garanties; et lui Pacifique devrait alors gager à son profit sa terre de Basse-Pointe…

En dépit de ses avoirs et de l'optimisme auquel il s'efforçait concernant les bonnes dispositions de son frère à son égard, Pacifique Le Testor sentait l'inquiétude sourdre en lui: le lointain passé qu'il souhaitait oublié revenait le hanter. François n'avait guère plus de quinze ans quand il avait osé revendiquer sa part d'héritage, ce qui l'avait conduit, lui son aîné et son tuteur, à le chasser de chez lui. Humilié, le garçon avait quitté l'île en lui jurant une haine éternelle… Tout cela, grâce à Dieu, n'était que paroles d'enfant en colère que le vent avait emportées puisque, les années ayant passé, ils s'étaient retrouvés. Entre-temps, François était devenu quelqu'un de fort riche, à preuve cette flotille de barques qu'il possédait et tout cet or qu'il dépensait en achat de terres, ce qui intriguait plus d'un. Allons, se dit-il en pressant le pas, je me fais des idées: la voix du sang parlera.

Une semaine après la disparition du *Requiem*, Pacifique Le Testor rendait visite à son frère dans les hauts de Macouba.

Après les préliminaires d'usage sur l'état de leur santé respective et les dangers que courait la Martinique à cause de l'Anglais Rodney, Pacifique entrait dans le vif du sujet. En un peu plus de deux ans, confia-t-il à François qui l'écoutait d'un air d'attention, c'était la seconde fois qu'il perdait un chargement important. Après le brick *Notre-Dame*, c'était au tour du *Requiem* de disparaître corps et biens: tout concordait, il avait pris ses renseignements. Cette fois, il avait misé gros, très gros même. Non seulement la mer le dépouillait de la totalité de son capital, ruinant son négoce, mais en plus il devait un somme rondelette à la Compagnie des Vieux Habitants…

«Tu sais, argumenta Pacifique, que peu importe à ces Messieurs de la Compagnie à quoi sert leur argent pourvu qu'on leur serve un intérêt de vingt-cinq pour cent et qu'on respecte ses engagements. C'est un honneur que de se compter parmi leurs obligés, eu égard au caractère occulte de leur association… Si elle avait abouti, cette opération du *Requiem* m'aurait rapporté quatre ou cinq fois ma mise. En deux mots comme en cent, mon cher François, j'aimerais t'emprunter… disons trois cent mille livres.»

François ouvrit grand les yeux et siffla doucement.

«Hé, là, Pacifique… comme tu y vas! Trois cent mille livres, c'est une très forte somme que je ne possède hélas pas présentement.»

S'ensuivit entre les deux frères un marchandage effréné au terme duquel l'aîné, le visage écarlate, dut se rendre aux dures conditions que lui imposa son cadet. En vertu du contrat qu'ils signèrent sur l'heure, François s'engageait à verser d'ici trente jours à Pacifique la somme de cent soixante mille livres, moyennant un intérêt de trente pour cent, le tout payable en deux fois à intervalle de sept mois à partir de la première échéance qui était fixée à quatorze mois. En couverture de cet emprunt, Pacifique Le Testor engageait au profit de François la *totalité* de ses biens meubles et immeubles à l'exception de sa terre de Basse-Pointe dont il se réservait la jouissance des deux tiers.

Pacifique était confondu par les exigences de François. Mais, persuadé que d'ici une année et plus bien des événements allaient survenir à la Martinique qui arrangeraient ses affaires, il estampilla le document sans barguigner.

Pacifique Le Testor ne se trompait que de peu.

Cette entrevue entre les deux frères se déroulait le 19 novembre 1761. Moins de trois mois plus tard, le 12 février 1762 au matin, les troupes de l'amiral Rodney s'emparaient de la Martinique. Mobilisé dans la milice, Pacifique Le Testor était tué lors d'une modeste échauffourée. Et l'ordre anglais régna dans l'île dont les Vieux Habitants n'étaient pas vraiment fâchés du changement.

Elisabeth Le Testor, la veuve de Pacifique, ne savait à quel saint se vouer tant sa situation financière était désespérée. Une lettre de son beau-frère lui rendit espoir. Le jour d'après, en dépit de l'antipathie que lui inspirait François qu'elle jugeait «de caractère malsain», accompagnée de ses deux adolescentes de filles, elle courait se réfugier chez lui à Macouba.

François Le Testor la recevait le sourire aux lèvres.

Si la malheureuse avait su ce qui les attendait, elle et sa progéniture, elle se serait plutôt jetée dans les bras des Anglais. Mais le destin est ainsi fait qu'il ne dévoile à personne l'alchimie de ses arrêts.

*   *

«Maintenant Jeannot, écoute-moi! Je n'ai nulle envie que les Anglais viennent fourrer leur nez dans mes affaires. Pour avoir la paix j'ai dû composer avec ce Bradford, qui a l'oreille de sir William, notre estimé gouverneur depuis bientôt neuf mois. Ce Bradford n'est pas seulement un sac à péchés mortels, comme toute la colonie se complait à le répéter tout bas, ses exigences d'argent sont insatiables. Il m'a déjà ponctionné de trente mille livres pour son compte personnel... Si jamais Zabeth prêtait une oreille complaisante à ses chants de croque-pucelles, nous aurions de gros ennuis ici.»

François Le Testor se tut et, fronçant ses sourcils, qu'il avait noirs et fournis, reprit:

«L'heure est venue d'agir: nous allons nous mettre à couvert de Bradford en réglant une fois pour toutes la question de Zabeth et de ses filles.

— P'pa, si nous procédions autrement? J'veux dire: si Tante Zabeth acceptait nos conditions? Nous pourrions l'expédier avec mes cousines au Marin... C'sont d'excellentes couturières, elles s'débrouilleront très bien. Nous n'aurions plus à nous soucier d'elles, et...

— Et tu n'es qu'un blanc-bec et un fripon, un drôle qui mériterait de goûter du bâton!»

L'interjection de son père rabaissa le caquet de Jeannot qui battit en retraite: l'auteur de ses jours avait percé à jour ses intentions.

Depuis que ses cousines et leur mère habitaient la petite case située à deux pas de chez eux, case mise par François Le Testor à leur disposition, en dépit de ce qu'il avait deviné des projets paternels, Jeannot nourrissait un tendre sentiment pour Charlotte, la fille aînée d'Elisabeth, qui allait sur ses quinze ans. Svelte et gracieuse, enjouée et espiègle, sa bouche en forme de bouton de rose et le vert songeur de ses prunelles éveillaient en lui des sensations qu'il ne contrôlait pas. Pourtant, son père l'avait prévenu: «Méfie-toi des pucelles, fils. Ce sont toutes des égouts de lubricité tout juste bonnes à être culbutées dans un fourré, des sacs à malice auxquels mieux vaut pas se frotter... Crois-en ma vieille expérience, jusqu'à ce que tu sois en mesure d'en épouser une, tiens-t'en éloigné et contente-toi de tirer le gibier à ta portée...» Il avait suivi ces conseils jusqu'à ce qu'il rencontre Charlotte. Et là, le Diable savait pourquoi, quelque chose en lui s'était détraqué.

«Bon, ne finassons pas, Jeannot. Si tu veux un jour devenir quelqu'un dans ce satané pays, n'oublie jamais ceci: l'amour passe, le plaisir aussi, et ne restent que les douceurs que procure une fortune bien assise. Tu es un bâtard et un métis, aucun de ces Messieurs de Vieux Habitants de la Martinique ne te fera de cadeaux ni ne te donnera l'une de ses donzelles, fût-elle laide à faire peur et borgne de surcroît — et d'un. Et de deux, les temps sont durs, très durs, pour les malnés et les pleure-pain de tout bord; en dépit de l'importance de mes biens, nous sommes loin de posséder le patrimoine nécessaire pour effacer ces tares qui sont tiennes. Donc, jusqu'à nouvel ordre, je *veux* que tu n'aies qu'une pensée dans ta caboche: augmenter ton avoir, amasser de l'or et toujours plus de terres. Quand le moment sera venu, tu penseras à la bagatelle... Nous te trouverons alors une jolie garce à marier qui versera de gré ou de force dans ton escarcelle le butin qu'auront accumulé son papa et sa maman — ce qui fera alors de toi, fils, un Vieil Habitant tout blanc. Est-ce que tu me comprends?»

Jeannot hocha la tête et ses yeux lancèrent des éclairs. Un instant, il contempla le lourd menton, la bouche au pli dur, le haut front dégarni sur le devant, les épaules larges et la silhouette épaisse de l'homme qui était son géniteur. Brièvement, il eut honte de lui, de son comportement: son père avait tout à fait raison, il se perdait dans des enfantillages indignes de l'individu supérieur qu'il était en train de devenir. Cette petite Charlotte était, de même que sa mère et sa sœur, un obstacle majeur sur le chemin de sa réussite. Elle aussi devrait donc disparaître. Mais avant, se promit Jeannot qui sentait monter en lui la sève du désir, il s'offrirait le plaisir de cueillir ce fruit vert.

Sans qu'un mot ne fût prononcé, François Le Testor suivait les pensées de son fils. Il se sentait fier du garçon, mais aussi de lui-même et de l'éducation rigoureuse qu'il lui avait donnée. Jeannot était un homme à présent dont la détermination était égale sinon supérieure à la sienne: il était sûr de pouvoir compter sur lui. Concernant sa belle-sœur et sa nichée de serpents saurs, l'heure était venue de passer aux actes.

«A la prochaine lune, reprit François, nos hommes vont s'adonner à leur grande fête du feu, à l'exception de Oua-No. Ils en auront pour toute la nuit à danser, à chanter et à se soûler de tafia au son de leurs maudits tambours. D'ici là, ta tante — et bientôt belle-mère, ah! — aura entendu raison. Quant à ses deux pucelles, Jeannot, voici ce que nous allons en faire…»

Quand son père eut fini de lui transmettre ses instructions, Jeannot, en dépit de son absence de préjugés et de l'insensibité que son père avait pris soin de cultiver en lui depuis sa plus tendre enfance, eut froid tout à coup. Il ne s'attendait pas à tant de rigueur voire de cruauté à l'égard des deux fillettes, ses cousines. Mais quoiqu'il ne partageât pas le terrible désir de vengeance de son père, il s'inclina, ne pipant mot, montrant ainsi quel fils soumis il était.

En vaquant aux tâches de ménage de la petite case que lui avait abandonnée son beau-frère, tout en haut de la falaise, Elisabeth Le Testor se demandait s'il n'était pas préférable qu'elle quitte cet endroit qui, elle le pressentait, était devenu inhospitalier pour elle et ses filles. Le comportement de François l'inquiétait. Les premiers temps, il avait été tout amabilités, rien que sourires. Puis au fil des semaines, son attitude s'était durcie. C'est à peine s'il leur adressait la parole à présent et, à maintes reprises, elle avait surpris son regard posé sur elle, froid et haineux. Elle s'était longuement interrogée, ne sachant trop à quoi attribuer ce changement. Et voilà qu'il l'invitait pour le soir à son logis: était-ce bon ou mauvais signe?

Elle se coiffa, s'habilla et, ayant souhaité une bonne nuit à ses petites, s'en fut rejoindre son beau-frère. L'accueil fut froid, mais poli. Ils se parlèrent à peine et elle mangea du bout des lèvres car le sentiment qu'un danger la menaçait lui comprimait la poitrine. Oua-No passait les plats en silence ou s'occupait de rallumer les bougies que le vent avait soufflées. Puis il s'en fut et ils se retrouvèrent seuls. Alors François extirpa d'une malette un document qu'il ouvrit et qu'il plaça devant elle: c'était un contrat dont la dernière page portait le sceau de son défunt mari.

«Tu reconnais ce sceau?

— Oui.

— Je te lis les clauses principales...»

Le cœur battant, elle écouta les mots qui signifiaient pour elle la ruine et le désespoir. Quand il eut fini sa lecture, de la main il la retint de parler:

«Je pense que tu as compris, Zabeth: tous tes biens m'appartiennent en fait, le reste n'est que pure formalité. Tu n'es pas en mesure de rembourser quoi que ce soit en principal et intérêts, et tu vis ici de ma charité. Depuis l'arrivée des Anglais, toute chose s'est beaucoup déprécié en ces lieux: ta maison, les magasins et les entrepôts, tes terres de Basse-Pointe et les animaux — tout ceci suffira à peine à couvrir ma créance. Et il se passe que mes affaires personnelles vont fort mal en ce moment: avec l'épidémie qui a sévi le mois passé, j'ai perdu plus de la moitié de mon cheptel à cornes, sans compter l'ouragan que tu sais qui a envoyé par le fond deux de mes meilleures barques. Enfin l'Anglais me pressure, Bradford menace de faire occuper mes terres par ses soldats si je ne réponds pas à ses exigences. Tu m'en vois désolé, mais nous allons devoir régulariser la situation par-devant maître Tavernier...»

L'idée que François avait voulu leur ruine lui rendit sa combativité. Elle s'insurgea: la terre de Basse-Pointe, Pacifique le lui avait toujours assuré, valait à elle seule plus de deux cent mille livres! Il lui expliqua qu'avec la conquête de la Martinique, ces terres n'en valaient guère plus de la moitié. Elle argumenta, il ne répondit pas. Alors elle concéda qu'elle était prête à tout lui donner à l'exception des terres de Basse-Pointe — la dot de ses filles et la condition et leur survie.

Il refusa. Elle tenta alors de l'amadouer:

«Voyons, François, tu ne peux me faire ça... Mes parents sont morts, mon frère Nicolas est parti Dieu sait où — je n'ai aucun soutien de famille à part toi. Et j'ai deux filles à élever puis à marier: y as-tu songé?»

Il refusa d'en écouter davantage: elle devait exécuter les clauses du contrat et signer les actes de propriété. Sinon... Elle s'insurgea: de quel droit... ? Il haussa les épaules et la fixa d'un air de mépris. Alors, elle éclata en sanglots. Il se leva, la saisit par les épaules et, la poussant vers la sortie, lui jeta avant de claquer la porte derrière elle:

«Tu réfléchiras, chère belle-sœur...»

Deux nouvelles semaines s'écoulèrent. Sans appui ni personne qui pût la conseiller, luttant contre le désespoir Elisabeth vivait cloîtrée dans la case en compagnie de ses filles. S'étant souvenue de l'intérêt que Nicolas, alors adolescent, manifestait pour la Barbade, elle se figura qu'il s'était installé là-bas. En cachette de François, elle adressa un appel au secours à son frère et confia la missive aux bons soins du curé de Macouba venu un jour les visiter. Mais le Père s'étant noyé alors qu'il traversait de nuit un gué, elle ne sut jamais si la missive avait été acheminée ou pas. Un jour que Oua-No avait rudoyé sans raison Charlotte et Francine, leur interdisant de s'approcher du logis de son maître, Elisabeth, comprenant que l'âme damnée de François exécutait ce qui lui avait été ordonné, se dit qu'il lui fallait réagir. Faisant appel à tout son courage, elle alla trouver François et lui fit part de sa décision: elle s'en irait sous peu plaider sa cause auprès du représentant du gouverneur, sir William Bradford. Elle lui rendait sa case. Son intention était de s'installer en ville où elle comptait assurer sa subsistance grâce aux revenus que lui procureraient ses travaux de broderie. Quant à ses filles, dans l'attente des jours meilleurs, elle les placerait auprès de l'établissement des Sœurs, à Saint-Pierre.

Il était cinq heures de l'après-midi quand Elisabeth Le Testor quitta le logis de son beau-frère. Le même jour, le 21 octobre 1762, à neuf heures du soir son sort et celui de ses deux filles était dûment scellés.

*   *

Une nouvelle fois, la jeune femme prêta l'oreille aux bruits du dehors: mais il n'y avait rien sinon le sifflement du vent et les aboiements des chiens en maraude. Elle se retourna et son regard fit le tour de la pièce pour s'arrêter sur l'unique escabeau que lui avait laissé ce diable de Oua-No. Elle le traîna contre la cloison et grimpa dessus. Ayant rabattu les volets de l'étroite fenêtre dont la case était pourvue, elle inspecta longuement les ténèbres: rien ne bougeait et le vent humide du large, en lui fouettant le visage, l'obligea à battre en retraite et à refermer les volets.

En se dirigeant vers son grabat, Elisabeth se tordit les mains de désespoir: six mois déjà qu'elle était prisonnière de cet endroit et de François, et jamais plus, son instinct le lui soufflait, elle n'en ressortirait ni ne reverrait ses enfants. Inlassablement, elle repassait dans sa tête leur dernière entrevue.

«Tu feras ce que je t'ordonne, ma chère, sinon tu ne verras plus jamais tes deux filles: je te le garantis, foi de François Le Testor.»

Telles avaient été ses paroles. Il souhaitait à présent l'épouser aux conditions qu'il lui dicterait. Il n'y avait pas à discuter: soit elle acceptait de l'accompagner sans délai ni histoire devant monsieur le curé, et alors Charlotte et Francine lui seraient rendues, soit elle refusait. «... Dans ce dernier cas, avait précisé François, je t'assure que dans les dix jours tes filles seront livrées à un maquereau de Saint-Domingue à qui elles apporteront la fortune. — Choisis!»

Ne comprenant pas ce qui lui valait ce traitement, elle l'avait supplié et s'était traînée à ses genoux. Son beau-frère, devenu à présent son époux, s'était montré inflexible: «Choisis!», était l'unique réponse qu'elle obtenait du misérable.

Comme, en larmes, à bout de nerfs elle l'adjurait derechef de renoncer à son projet, François, une lueur mauvaise dans les yeux, lui avait jeté:

«Ah, tu ne veux donc pas entendre!? Eh bien, écoute-bien ce que je vais te dire, et fais-en ton profit. Car ma patience est à bout...»

Ç'avait été terrible.

La voix basse et menaçante, François lui avait brièvement dévoilé ce que depuis si longtemps il tenait caché: la rancœur puis la haine brûlante qu'il nourrissait envers celui qui l'avait spolié de sa part d'héritage et précipité, sans un sou vaillant, sur les routes de la misère et de l'aventure alors qu'il n'était qu'un tout jeune homme — son propre frère! Puis le serment qu'il s'était fait de tirer la plus éclatante revanche de ce crime et, devenu riche et puissant, d'acculer Pacifique et les siens à la ruine.

«Maintenant, avait-il conclu, l'heure est venue de régler nos derniers comptes: mon frère est mort, il n'a pas su qui était responsable de ses déboires — dommage! Mais qu'à cela ne tienne. Pour des raisons qui ne te regardent point, mon intention est de faire de toi ma femme: et tu accepteras, si tu veux revoir tes enfants sains et saufs...»

La mort dans l'âme, certaine que si elle ne se pliait pas à sa volonté ce monstre exécuterait sa menace, elle avait fini par accepter.

Mais sitôt la cérémonie religieuse, et les papiers préparés par le tabellion une fois signés, François l'avait fait enfermer dans cette case de moellons et de planches située tout au fond de sa propriété, d'où elle ne voyait que la mer et le large et où personne ne venait jamais la visiter. Ses appels n'étaient entendus par âme qui vive et ses prières restaient sans écho.

Elle était sans nouvelle de ses filles, sans nouvelle du monde ni de quiconque, d'ailleurs. Et Ti-Jean, l'esclave dont François avait fait son geôlier, était non seulement sourd et muet mais demeuré; elle avait beau essayer de lui parler, les seules réponses qu'elle recevait étaient un grognement accompagné d'un rictus niais.

Reléguée dans cet espace étroit que le soleil cuisait le jour et que le vent et la pluie battaient la nuit, tourmentée par les maringouins en hivernage et attaquée par les chiques lors des mois de sécheresse, livrée à elle-même et à une pensée indigente qui n'avait que ses filles et son passé pour l'alimenter, Elisabeth Le Testor, prisonnière d'un homme qui était son époux mais qu'elle ne voyait jamais et de qui elle ne pouvait attendre merci, jour après jour sentait la folie la gagner.

La malheureuse mit deux longues années à s'éteindre. Ayant très vite perdu l'esprit, elle négligea son corps et sa tenue, et c'est Ti-Jean qui, sur l'ordre de son maître qui n'en avait toujours nulle pitié, s'occupait de sa toilette et de la forcer à avaler quelques bouchées. Certaines nuits de lune, accompagnée de son «ombre» qui avait mission de lui faire prendre l'air de temps à autre, enveloppée dans ses haillons, elle se promenait sur la falaise, silhouette menue et échevelée que tenait en laisse, tel un chien, un invisible et silencieux gardien.

Bien entendu, Elisabeth ne revit jamais ses deux filles ni n'entendit non plus parler d'elles; et, d'une certaine façon, ce fut mieux ainsi. Car François Le Testor, qu'une sorte de délire de vengeance avait saisi et aveuglé, avait ordonné à Jeannot assisté de Oua-No de les embarquer en douce à bord d'un navire en partance pour Saint-Domingue où les attendait une fameuse maquerelle de sa connaissance. Mais le jeune homme, qui ne partageait pas les sentiments de son père, et qui du fond du cœur désapprouvait sa dureté d'âme, voulut sauver les adolescentes. Menaçant Oua-No des pires représailles s'il le trahissait, il partit au milieu de la nuit pour le François. Son intention était de confier ses cousines à Jeannette, l'une de ses maîtresses, une veuve généreuse qui n'avait jamais pu avoir d'enfants en dépit de son désir. En cours de route, il se produisit un incident. Profitant de son inattention, Charlotte piqua des deux dans le but de leur fausser compagnie. Oua-No la rattrapa sans peine et, d'un geste rapide, la jeta à bas de son cheval. La nuque brisée, Charlotte mourut sur-le-champ. Francine, en se penchant sur sa sœur, eut la gorge promptement tranchée.

«Elle nous aurait dénoncés, missié Jeannot, faut comprendr'!» dit Oua-No pour excuser son geste.

Et c'est ainsi que finit cette histoire.

François Le Testor d'Aleps vécut de nombreuses années. Ayant hérité des biens de son frère et de ceux de son épouse Elisabeth, dont la terre de Basse-Pointe qu'il sut très habilement faire fructifier, il était devenu quelqu'un de fort riche que les Vieux Habitants de la Martinique recevaient comme un des leurs. Homme de grand bien donc et considéré, il mourut dans son lit, ayant légué l'opulente demeure qu'il s'était fait bâtir dans sa propriété de Macouba ainsi que toute sa fortune à Jeannot, son fils, qui portait dorénavant le nom des Le Testor.

Vers l'âge de trente ans, Jean Le Testor d'Aleps convola en justes noces avec Marie de la Sallerie de Perdugnan, la fille aînée du vieux Gardin de Perdugnan, lequel avait perdu tous ses fils mais avait deux filles en âge de se marier. Jean et Marie eurent huit enfants, cinq fils et trois filles, dont cinq survécurent et firent souche à leur tour.

A l'heure où j'écris, qui se souvient encore de l'origine des richissimes Le Testor dont les propriétés couvrent des hectares de terre, tant à la Martinique qu'en Guadeloupe et dans le Midi de la France et dont, par le jeu des alliances, la famille est l'une des plus importantes de l'île? Personne, je présume.

Mais si un individu, poussé par la curiosité ou l'esprit d'aventure, se risquait à franchir, par une nuit de pleine lune, le mur en grande partie effondré de l'antique propriété des Le Testor, non loin de Macouba, il risquerait d'être surpris. Car tout au fond, à la pointe est des terres, il verrait, dominant la falaise au pied battu par la mer, les restes calcinés d'une masure dont l'accès est interdit par une rangée de fils barbelés rouillés.

C'est là, à cet endroit même, que vécut pendant deux longues années, seule et abandonnée, l'infortunée épouse de l'homme dont le frère voulut et précipita la ruine, Pacifique Le Testor du Puits.

Puisse le hardi visiteur avoir une pensée émue pour cette femme qui endura une façon de martyre. Et puisse-t-il aussi, se recueillant un instant, ruminer l'antique sagesse:

Les rejetons des impies ne multiplient pas les rameaux, et les racines impures sont fixées sur la pierre lisse.. *

* *Eccl.*, 40-15.

UNE SOIRÉE À WOODLAND MANOR

(Art Dieudonné Leedendhal)

Sous la conduite de Diana, la petite-fille de notre hôtesse, nous parcourions la vaste demeure, admirant au passage les bibelots précieux dans leurs vitrines et nous extasiant sur les élégants tableaux des maîtres anglais dont la peinture craquelée démontrait l'indubitable ancienneté. Nous parlions à voix feutrée, de peur peut-être de réveiller les ombres des premiers occupants dont on apercevait, au-delà du rideau d'arbres, les tombes surmontées d'une croix de pierre. Venue des meubles patinés par la main des hommes, l'odeur d'encaustique flottait dans l'air. Tout était propre et bien rangé.

«Diana, commanda notre hôtesse de sa voix de soprano un peu cassée, joue-nous quelque chose, veux-tu, ma chérie?»

Nous avions regagné le grand salon au milieu duquel luisait un splendide Steinway.

«Ma petite-fille aurait pu faire une belle carrière musicale, savez-vous? Mais son père n'a pas voulu. En parfait sudiste qu'il est, il a estimé que sa fille ne serait pas une «saltimbanque» et qu'elle se devait à son futur rôle d'épouse d'un maître de grand domaine. C'est là, soupira Mrs Whitefield, le fardeau qui nous incombe, à nous autres femmes...»

Elle se tut et fit le geste des mains de nous prendre à témoin de l'irrécusable fatalité qui pesait sur elles, les pauvres femmes asservies. Ses bracelets d'or cliquetèrent.

«Voyons, Mamie, protesta Diana, tu sais bien que ce n'est pas vrai… Une carrière musicale! Allons, un peu de sérieux, je te prie.»

Ayant haussé irrespectueusement les épaules, Diana se leva et s'assit devant le Steinway. L'expression devenue pensive, du bout des doigts elle en effleura les touches d'ivoire puis se mit à jouer. Les notes légères du Nocturne en si bémol de Frédéric Chopin s'élevèrent, nostalgiques et pures, auxquelles succédèrent les incantations syncopées d'une Etude de Liszt.

En ce soir de la fin janvier l957, à la veille de notre envol pour New York, nous nous trouvions, mon épouse Annick et moi, à *Woodland Manor*, une ancienne résidence de planteur qu'avait acquise, il y avait plusieurs décennies, l'époux de Mrs Whitefield, Angie, un richissime homme d'affaires de Baltimore tombé amoureux de la Barbade. Bâti de moellons et de bois des îles, le «manoir» avait un toit d'un seul tenant, pentu et recouvert de plaques imbriquées faites d'une matière sombre que je ne connaissais pas. Sur la façade, des balcons aux balustrades ouvragées donnaient à l'ensemble un air vaguement espagnol. Deux majestueuses rangées de magnolias soigneusement taillés conduisaient au perron semi-circulaire de l'entrée que flanquaient de vénérables lampadaires de fer forgé. On avait la sensation, en pénétrant à *Woodland Manor*, d'être transporté trois siècles en arrière tant l'endroit dégageait une atmosphère de sérénité vieillotte et d'opulence désuète — telle qu'on s'imagine la «tanière» des Seigneurs propriétaires d'alors. Mais la maîtresse actuelle du logis, qui était veuve depuis des années, en dépit de ses soixante-treize ans et de ses lointaines origines trinidadiennes, n'avait rien d'une «bajan» des temps reculés à l'exception peut-être de l'autorité naturelle qui se dégageait de son visage allongé et osseux, aux traits peu mobiles mais aux très beaux yeux dotés d'un regard un peu distant. Mrs Whitefield vivait la plus grande partie de l'année à Baltimore et ne se rendait à la Barbade que le temps des mois d'hiver. Un couple de domestiques gardait la maison en son absence et un jardinier s'occupait de maintenir en état les environs. Annick, qui exerçait à New York sa profession de psychologue, avait pour cliente attitrée la fille de Mrs Whitefied, Dorie. Celle-ci avait insisté pour que nous logions chez sa mère pendant les trois jours que nous passerions dans cette île.

«Artie, m'interpella notre hôtesse, Annick m'a appris que vous êtes né à la Dominique? C'est presque incompréhensible, non?...»

Nous conversions dans ma langue maternelle.

Mrs Whitefield avait cru avoir affaire à un Américain bon teint; d'apprendre que je venais de ce «pays perdu» de la Dominique lui semblait une sorte d'anachronisme eu égard à ma couleur de peau, à mon accent ainsi qu'à mon allure qu'elle jugeait «typiquement new-yorkaise».

Pour lui faire plaisir, aux accents des impromptus de Schubert que jouait à présent sa petite fille, je dus lui raconter l'histoire de ma famille et comment j'avais «atterri» en Amérique il y avait bien des années avant de venir habiter New York avec ma femme.

«Comme c'est curieux! s'exclama la vieille dame. Je n'aurais jamais pensé que des Blancs pussent s'intaller dans pareille île perdue... Mon pauvre et cher mari était féru d'histoire des Antilles, savez-vous? Il aurait apprécié de vous rencontrer, vous un authentique Créole aux origines franco-anglaises de surcroît! Moi-même je suis née à Trinidad, mais c'était un pur accident... Ah tiens! j'entends l'automobile de nos amis Battledown, nous allons pouvoir prendre l'apéritif et passer à table dans un moment.»

Elle se tourna vers Diana qui avait cessé de jouer. «Diana, ma chérie, va donc accueillir nos amis...»

Docile, la jeune fille se leva et sortit non sans m'avoir coulé un regard dans lequel j'interceptai une lueur étrange.

Nous étions huit convives élégamment vêtus qui faisaient preuve de manières distinguées autour de la table décorée de fleurs et surchargée de faïences aux teintes délicates au milieu desquelles de somptueux cristaux lançaient leurs fulgurances dorées. Ce luxe suranné n'était pas pour me déplaire, à moi qui avais de tout temps courtisé la beauté.

Après avoir longtemps roulé sur les charmes des demeures coloniales, une discussion passionnée sur les mérites comparés de l'expressivité des personnages dans l'œuvre picturale de Hogarth et de Highmore partageait la tablée quand, à l'heure des entremets, Mr Battledown, un solide «bajan» d'une soixantaine d'années au teint rubicond des *bons vivants*, s'écria d'une voix teintée de fierté:

«Mais voyez-moi ça, ma chère amie: mon garçon qui n'a d'yeux que pour votre petite fille! Et comme il rougit, l'animal...»

La tête entre les épaules, le jeune Battledown piquait en effet un fard qui le transformait au point de rendre, je gage, jaloux un homard atteint d'un excès de cuisson. Le visage boutonneux et l'épiderme laiteux des gens que les lois de l'hérédité ont pourvu d'un pigment à tout jamais rebelle aux effets du soleil, l'adolescent de dix-huit ans aux yeux d'un bleu délavé jeta un regard furibond dans la direction de son père comme pour lui commander de lui faire grâce de ses commentaires.

«Mrs Leetentail, intervint d'un ton pointu Mrs Battledown en écorchant notre patronyme, Marjory m'a dit que vous étiez psychologue: y a-t-il beaucoup de femmes à vos consultations?»

La maigre moitié de l'honorable fonctionnaire britannique qu'était Holloway Battledown arborait, avec un nez qu'eût peut-être envié Cléopâtre, un air d'autorité un peu revêche. Je n'entendis pas la réponse de ma femme car, se penchant vers moi, la jeune Diana me glissait à l'oreille:

«C'est drôle que vous soyez peintre, Artie: je vous voyais autre… Savez-vous que vous ressemblez beaucoup à mon grand-père Sutton? me déclara-t-elle avec une moue d'enfant gâtée. Mamie le détestait. Elle l'accusait de tenir mes parents sous sa coupe et de transformer papa en paillasson. Je vous montrerai une photo de lui, demain… Mamie!»

A cette apostrophe quelque peu brutale, Mrs Whitefield s'interrompit et se tourna vers sa petite-fille. Tous les regards convergèrent vers Diana. On eût entendu une mouche voler.

«Oui, ma chérie. Qu'est-ce qu'il y a?»

— J'aimerais que tu racontes à l'intention d'Artie et d'Annick l'épisode du *Yare*… J'espère que cela ne t'ennuie pas?»

Une ombre voila les beaux yeux de Mrs Whitefield et ses traits se crispèrent en une grimace involontaire. «C'est que… Ce n'est peut-être pas le moment, Diana chérie. Une autre fois, sûrement.

— Fais-moi plaisir, mamie chérie, minauda Diana qui insistait avec gentillesse. C'est important.

— C'est quoi le *Yare*? questionnai-je en volant au secours de la jeune fille.

— Un vaisseau…»

Tout en gardant sa texture veloutée et une douceur persua-sive dans le ton, la voix de Mrs Whitefield s'était nuancée de dureté cette fois.

Diana la coupa sans façon:

«C'est une histoire passionnante, Artie. Et Mamie est la seule personne à la raconter comme il faut.

— Je serais heureux de l'entendre, chère madame, fis-je avec courtoisie. J'adore les vieilles histoires — à moins que ça vous ennuie…

— Pas du tout.»

Je regrettai aussitôt de m'être avancé car le regard que lança Mrs Whitefield à sa petite-fille démentait son amabilité que l'on sentait forcée.

«Puisque ma petite-fille le veut… Alors, voilà. Les faits que je vais vous rapporter sont tous authentiques et se dérou-lent à la fin du dix-huitième siècle, en juillet 1780 pour être précis… Vous vous en rappelez, la vieille Albion et la toute jeune Amérique sont alors en guerre: la première pour conser-ver ses colonies, la seconde pour conquérir sa liberté. Servie par les vaisseaux français et hollandais, mais aussi par ceux de plusieurs autres nations dont certaines sont qualifiées de «neutres» tel le Danemark, la contrebande fait rage dans la mer des Caraïbes et le long des interminables côtes améri-caines. Le but des contrebandiers: ravitailler les insurgés du Nouveau Monde en denrées et surtout en armes et munitions. Un brick, le *Yare*, battant pavillon danois, transporte de manière la plus officielle des produits alimentaires. Le bâti-ment, qui provient de l'île hollandaise de Curaçao, se dirige en principe vers Kingston de la Jamaïque où, d'après ses connaissements, il doit décharger le contenu de ses cales. A bord, l'équipage, une demi-douzaine de lascars à l'allure de brigands, se prélasse, car la brise est favorable et le *Yare* assuré sur ses amures. Le capitaine Niggs, un vieux loup de mer, se frotte les mains: dans un jour tout au plus, à la faveur du coup de vent qui se prépare, il va pouvoir modifier son allure et pointer sur son nouveau cap. Bien sûr, il ne pavoise pas encore, car on ne sillonne pas les mers des Indes de l'ouest pendant vingt ans sans s'attendre à des aléas…»

Soudain, éveillant l'équipage assoupi, la voix de la vigie retentit: «*Voile à tribord arrière*!»

Immédiatement, tous les hommes sont sur pied et scrutent l'horizon.

«Deux quarts sur tribord! Range aux drisses et aux écoutes!… Allons, tas de fainéants, du nerf, quoi! »

Les ordres du capitaine fouettent les matelots qui se précipitent à la manœuvre. Aucune hésitation: il faut fuir sans délai dans le vent et, à la faveur de la nuit, foncer sur le cap Tiburón pour se mettre à l'abri d'une des anses de la côte cubaine. Mais en dépit de la rapidité de son navire, Allan Niggs est inquiet: à cette latitude, le nouveau venu ne peut être qu'un vaisseau de chasse anglais, un fin manœuvrier lui aussi. Et si le *Yare* était arraisonné, eu égard à ce qu'il dissimule dans ses cales, pour l'équipage et lui, nul doute, ce sera la geôle de Port Royal à la Jamaïque. Le brick sera saisi pour être vendu au profit de la Couronne britannique, sa cargaison confisquée elle aussi.

Maîtrisant son inquiétude, le capitaine se tourne vers son second:

«Distingues-tu quelque chose?

— Il me semble… Oui, c'est une frégate anglaise! Elle est couverte de toile et nous donne la chasse, capitaine.»

La second du *Yare* voyait juste: à bord de la H.M.S. *Favourite,* le lieutenant Sanderson a déjà pris ses dispositions pour chasser le brick. Ses ordres sont précis: tout bâtiment inconnu doit être considéré comme suspect, pris en chasse et arraisonné. S'il n'obtempère pas aux coups de semonce, il devra être abordé ou, s'il fait parler la poudre, être envoyé sans hésiter par le fond. Pour Terry Sanderson qui n'en est pas à son coup d'essai, la situation est claire: la *Favourite* ayant le vent à elle, il lui suffit de rester à la même bordée que son gibier et courir sur lui tout en augmentant son sillage pour lui couper la route.

«Harry… dit-il en s'adressant au midship qui, une lunette d'approche aux yeux, scrutait l'«ennemi» à ses côtés. Pariez-vous dix livres que ce lièvre-là court tout droit ravitailler les bandes du général Sherman?»

Le *midship* n'eut pas l'air convaincu.

«C'est à débattre, monsieur. Nous sommes très au sud: il me semble que le lièvre fait route sur la Jamaïque…»

Le jeune homme fronça les sourcils, regarda encore dans sa lunette, et dit:

«On dirait… Je baisse pavillon avant que de combattre, monsieur. Ce lièvre me semble un renard qui court bien vite, en effet. Enfin, voyez par vous-même: il abat sur tribord. Je gage qu'il va tenter de nous fausser compagnie pour se réfugier sur la côte cubaine…»

«… A la tombée de la nuit, continuait notre hôtesse d'une voix devenue profonde, le *Yare* se trouvait à portée des canons de la *Favourite*. Le capitaine Niggs n'avait pas le choix: il devait se soumettre…»

A bord du *Yare*, mis en panne au second coup de semonce, on s'apprête à recevoir les occupants de la chaloupe qui s'est

114

détachée de la frégate. En dépit de la neutralité de leur pavillon, les marins danois n'en mènent pas large: dans un proche passé, ils ont tous eu maille à partir avec l'Anglais qu'ils détestent en bloc. Le capitaine et son second ont le visage grave; certes, les documents compromettants ont été balancés à la mer, mais ils savent que, pour le reste, il leur faudra jouer serré et compter sur leur chance.

«Messieurs, au nom du lieutenant Sanderson et du mien, je vous présente nos compliments... Capitaine, veuillez me montrer vos connaissements et vos pièces de bord. Mes hommes vont vérifier votre cargaison pendant ce temps...»

Les papiers du *Yare* sont en règle. Le *midship* s'apprête à accepter la boisson qu'on lui tend, quand des cris retentissent au-dehors: deux gabelous ont découvert derrière une fausse cloison qu'ils ont éventrée une demi-douzaine de canons démontés accompagnés de leurs munitions. Aussitôt, braquant leurs armes, les soldats tiennent en respect les matelots qui reculent.

«Vos explications, capitaine?»

La voix du *midship* est coupante.

Très pâle, le capitaine Niggs explique qu'il n'est pas au courant de ce chargement intempestif, qu'il ne comprend pas comment ces canons peuvent être là...

Mais le *midship* n'est pas dupe. Sur l'heure, le *Yare* est placé sous séquestre et ses officiers conduits sur la HMS *Favourite* afin d'être transférés à Port Royal.

«... Dûment interrogés dans les geôles de Port Royal, continuait Mrs Whitefield, les matelots du *Yare* jurèrent tous leurs grands dieux ignorer la présence des canons et des munitions à bord. Le capitaine en faisait de même ainsi que son second. Pour les Britanniques, il semblait évident que canons et munitions étaient destinés aux insurgés du Nouveau Monde: mais comment établir la vérité en l'absence de tout document compromettant? Le livre de bord était correct et la route suivie par le brick semblait devoir bien aboutir à Kingston de la Jamaïque, comme l'affirme avec force son capitaine. Les Anglais procèdent avec prudence, car le Danemark fait partie des pays neutres. Il peut s'agir d'un coup monté, qui sait? Le Danemark est une puissance, on ne peut prendre des risques... C'est alors que, tandis que l'enquête suit son cours à la Jamaïque, grâce au hasard et à un jeune *midship* basé à Kingston, un enragé pêcheur à ses heures de liberté, les choses se corsent et que l'affaire s'éclaircit d'un seul coup...»

Le lieutenant Sanderson était perplexe: pourquoi son jeune collègue et ami Michael Sutton l'avait-il invité à souper de si pressante et énigmatique façon? Machinalement, tandis que le canot qui l'emmenait vers le *Canada* se rapprochait du sloop, les termes de la missive lui revinrent en mémoire.

«*Cher Terry,* écrivait le jeune homme, *je vous attends sans faute à souper à mon bord. J'ai une surprise pour vous qui vaut son pesant d'or: je vous parie dix guinées contre une bouteille de scotch que votre satisfaction égalera votre étonnement. Votre affectionné. Michael.*»

Terry Sanderson se surprit à sourire: encore une histoire de gros poisson, sûrement. Les marlins abondaient dans ces eaux, et jamais Michael n'avait encore réussi à en piquer un. Le gamin, comme il appelait ce garçon à qui l'on attribuait seize ans tant son allure était juvénile, avait dû réussir son exploit: ramener à son bord un marlin pesant un nombre appréciable de livres.

«*Ohé du Canada*! Permission de monter à bord...»

— Permission accordée, lieutenant.»

L'aspirant Sutton attendait son invité à la coupée. Sanderson l'ayant franchie, il regarda autour de lui d'un air circonspect: mais nul poisson n'était en vue.

«Le repas commença dans une ambiance joyeuse, poursuivait Mrs Whitefield. Il y avait trois autres invités, tous des *midships* amis des deux hommes. Vous connaissez le caractère anglais: de la réserve avant tout. Ce qui faisait que, quoique sa patience fût soumise à rude épreuve, le lieutenant Sanderson attendait que son hôte lui dévoile la surprise promise. Au dessert, il n'y tint plus...»

«Michael... Vous m'avez écrit, je crois?»

Le ton du lieutenant se voulait détaché.

«Oui, Terry... J'allais justement en parler. C'est à propos de votre capture, le *Yare*: tout le monde en fait des gorges chaudes, vous vous en doutez... On dit que le Danois est un vieux matois, qu'il vous a possédé, et qu'il s'en tirera — mais il a pu faire une erreur, non? Figurez-vous que la mer est une cachottière qui nous livre parfois ses secrets. — Tenez-vous le pari?»

Visiblement, le jeune officier s'amusait aux dépens de son invité. Sanderson lui adressa un sourire carnassier et dit:

«C'est un pari stupide que vous me proposez là. Mais je marche pour cinq guinées. Laissons le *Yare* là où il est: c'est l'affaire de la justice, à présent. En revanche, j'espère que vous m'étonnerez par le récit de votre exploit: auriez-vous par hasard capturé une baleine grosse comme une sardine en appâtant votre ligne d'un parchemin sur lequel vous aviez inscrit vos vertus de *piscator*? »

Le visage de Michael Sutton s'éclaira.

«Pas une sardine, mon cher, mais un requin et de belle taille, celui-là! Pêché au large de Jacmel hier matin et ramené de haute lutte… Ce n'est pas un marlin, je vous le concède; mais. Nous lui avons ouvert le ventre, par curiosité de naturaliste. Et savez-vous ce que nous y avons trouvé?»

Le ton de Sanderson se fit sarcastique:

«Des lettres patentes de Sa Majesté vous nommant vice-amiral de la flotte? Ou bien une missive éplorée d'une de ces malheureuses filles que vous avez séduite puis abandonnée?»

Le sourire du *midship* s'élargit.

«Rien de tout ça… Jim!»

Michael Sutton s'adressait au jeune homme qui était assis à ses côtés.

«Va chercher les papiers, veux-tu?»

Il se mit debout et, le ton emphatique, s'exclama:

«Messieurs! Apprêtons-nous à boire à la santé de l'Angleterre, aimée des dieux de la mer, à mon gain de cinq guinées et à la chance incroyable du lieutenant Terry Sanderson, ici présent.»

Persuadé qu'il était l'objet d'un canular de ce facétieux de Sutton, Sanderson porta froidement son verre à ses lèvres et le vida d'un trait.

«Puis-je vous demander de vous retourner, lieutenant? — S'il vous plaît!»

Jouant le jeu, Sanderson se leva et pivota sur ses talons. En face de lui, se tenant au garde-à-vous, le *midship* lui tendait cérémonieusement une liasse de papiers attachés par un cordon.

«De la part de Neptune, lieutenant, et avec les compliments de l'aspirant Sutton. Nous vous offrons les documents trouvés dans l'estomac du requin pêché ce matin. Ils appartiennent, comme vous le constaterez, à monsieur Niggs, commandant du *Yare*...»

Un peu estomaqué, car les visages autour de lui s'étaient fermés, Sanderson tendit la main et prit le paquet. Après avoir dénoué la ficelle qui retenait les papiers dans leur emballage de soie, à la lueur des bougies il parcourut les lettres et les instructions, le tout rédigé en anglais et en français.

Au bout d'un moment il leva la tête, et chacun des marins put lire dans ses traits sa stupéfaction.

«Sutton, mais qu'est-ce que... !? Je ne comprends pas. D'où tenez-vous ceci? »

Son ton était sec, officiel.

Sans se formaliser de ce changement d'attitude, Michael Sutton expliqua posément qu'il avait effectivement découvert ces documents dans l'estomac du requin. Il les avait lus et, comme son ami en cet instant, avait été déconcerté par l'étrangeté de sa découverte. Un rapport avait été rédigé à l'intention de l'amirauté, paraphé de tous les témoins présents. Il lui demanda d'accepter de le contresigner — ce qui lui donnerait, précisa-t-il, davantage de valeur —, et de se charger de remettre le tout au «chief justice» de Port Royal.

«... Vous voyez d'ici le tableau, et la tête de Sanderson qui avait peine à croire à cette rocambolesque histoire. Et pourtant!»

Mrs Whitefield étendit la main comme pour nous retenir de la questionner:

«Plus aucun doute n'était permis: ces papiers, bel et bien récupérés dans l'estomac d'un requin, étaient ceux du *Yare*. Ils établissaient la culpabilité du capitaine Niggs, de ses armateurs ainsi que de gens haut placés dans la hiérarchie militaire du Danemark et de la France. Le *Yare* se dirigeait en fait vers

Baltimore, et non pas vers Kingston. L'arsenal saisi dans ses cales était destiné aux insurgés de Jefferson, bien évidemment.

— Sanderson accepta de contresigner le rapport? demanda Annick.

— Bien sûr.

— Qu'advint-il du lieutenant Sanderson, de Sutton et du capitaine Niggs, m'enquis-je à mon tour.

— Attendez... Le capitaine Niggs et son équipage furent condamnés. Mis au fait de ce qui était non seulement pour lui un terrible coup de malchance mais le signe indéniable d'une Puissance supérieure, Niggs reconnut et parapha tout ce qu'on exigea de lui. Pour Sanderson et Sutton, ce fut une tout autre histoire... Mais Artie, regardez plutôt derrière vous, là, sur le mur...»

Je me retournai. Accrochée au mur, sous un portrait d'homme aux favoris épais, une énorme mâchoire de requin exhibait ses dents comme pour happer une dernière fois une proie invisible.

«Voulez-vous être assez aimable pour vous lever, Artie, et lire l'inscription qui y est gravée?»

Je m'exécutai bien volontiers et déchiffrai l'inscription rédigée en anglais:

«Michael Sutton recommande ces mâchoires comme collet à tous les officiers et les «neutres» qui feraient peu de cas de l'honneur. Oaks Hill, décembre 1785.»

— Cette mâchoire a l'air bien ancienne, Mrs Whitefield...

— Certes. Sachez aussi que le lieutenant Sanderson est mon aïeul, mes amis. Après des... démêlés avec l'Amirauté britannique, il donna sa démission d'officier pour s'installer comme planteur dans cette Amérique qu'il avait combattue. Ce trophée est resté dans la famille comme...»

Elle hésita, et, après avoir jeté un coup d'œil vers sa petite-fille dont le visage était impassible, dit très vite:

«… comme *témoignage*, disons. Voilà, je vous ai tout relaté de cette belle histoire. — Ah! j'allais oublier… Les documents dont il est question sont conservés dans une vitrine de l'Institut de la Jamaïque où tout un chacun peut les consulter librement. Maintenant, mes amis, je vous propose de passer au salon…»

Les invités examinèrent la mâchoire et chacun y alla de son commentaire. Puis, tout en devisant et en complimentant Mrs Whitefield de son remarquable talent de conteuse, nous la suivîmes dans le salon.

Un détail m'avait frappé que je jugeais curieux. Mais mû par je ne sais quelle obscure intuition, je me gardai cependant d'interroger notre hôtesse, me disant qu'après tout nous avions assez parlé de cette histoire du *Yare* et que mieux valait ravaler ma question. Il se faisait tard et, conséquence du vin sur lequel j'avais un peu forcé, je commençais à me sentir les paupières lourdes. Ces dames papotaient et rien dans leur attitude n'indiquait qu'elles étaient sur le point d'achever leur discussion. Mr Battledown et son fils s'entretenant de cricket, il n'y avait que Diana et moi qui restions silencieux.

Le visage de jolie poupée de Diana s'était renfrogné. Pelotonnée dans son fauteuil, les yeux dans le vague, on eût dit que la petite-fille de Mrs Whitefield évaluait les conséquences d'une action qu'elle hésitait encore à entreprendre. Brusquement, le ton d'indifférence mais dans lequel on sentait une provocation sous-jacente, la voix de Diana s'éleva, interpellant à nouveau notre hôtesse:

«Mamie, excuse-moi… Je ne comprends pas pourquoi tu *n'as pas* tout dit à nos invités à propos de *mes* ancêtres… Il me semble que c'est important, non?»

Visiblement, la jeune fille cherchait l'affrontement.

Sa grand-mère tourna la tête dans sa direction et une flamme de colère assombrit l'éclat de son regard. «Diana! s'exclama-t-elle d'une voix grondeuse. Allons, ma petite fille, cesse ces enfantillages, veux-tu? Tu lasses nos invités.

— Non, mamie, il ne s'agit pas d'enfantillages. Tu le sais. Mais comme aime à le rappeler grand-père, qui entreprend une affaire se doit de la finir. Veux-tu que je le fasse à ta place?»

Mrs Whitefield la retint du geste.

«Je vois, dit-elle non sans agacement, que ta mère s'est mise martel en tête à cause de ces ragots stupides inventés par cette tête de mûle qu'est ton père.»

Se tournant vers le groupe muet que nous formions, elle ajouta d'un ton redevenu gracieux:

«Eh bien, faisons plaisir à ma petite-fille... Vous avez remarqué l'inscription de la mâchoire, n'est-ce pas? Cet objet est un cadeau de Sutton à mon ancêtre Sanderson. Pourquoi cette phrase sibylline, vous demanderez-vous? C'est ce que je vais vous expliquer...»

Niggs une fois condamné, et son vaisseau ainsi que sa cargaison vendus au profit de la Couronne britannique, l'Amirauté voulut en savoir davantage. La guerre terminée, une commission fut nommée pour enquêter et auditionner les témoins. Trois des cosignataires de l'affidavit ayant péri, ne restaient que Sutton et Sanderson. Les deux hommes étant liés dès l'adolescence et la mère du second étant d'origine danoise, donc «ennemie» de l'Angleterre, les fonctionnaires royaux firent peser sur eux les plus graves soupçons étant donné, estimèrent-ils, l'absence de rigueur de leurs déclarations ainsi que le manque de logique évident de leur attitude.

Cette histoire de «documents trouvés dans le ventre d'un requin» leur semblait des plus invraisemblables.

Après de nombreuses auditions et vérifications, les enquêteurs rédigèrent un rapport secret au terme duquel les deux officiers devaient démissionner, la marine de Sa Majesté n'ayant que faire de ce genre de farceurs...

Sanderson, qui pensait déjà abandonner son commandement pour, gagnant les Etats-Unis et Baltimore, se consacrer aux affaires, accueillit la nouvelle avec indifférence. Il n'en fut pas de même de son collègue et ami Sutton qui était désireux de faire carrière dans la Marine. Sutton reprocha à Sanderson de n'avoir pas défendu leur cause avec la fougue nécessaire — mieux! de lui avoir gravement manqué en déclarant que, bien qu'il n'eût pas été présent au moment de la trouvaille et qu'il eût trouvé sur le moment «curieuse» l'histoire du requin, il avait accepté de contresigner la déclaration par amitié pour lui, Sutton.

Un duel fut évité de justesse, mais la fâcherie entre les deux hommes était consommée.

Après bien des déboires qui le poussèrent à réaliser sa part d'héritage et à quitter l'Angleterre, Sutton émigrait à son tour en Amérique et choisissait de s'installer en Floride. Quelques années plus tard, marié et père de famille, Michael Sutton, de passage à Baltimore, apprenait par hasard la présence de Terry Sanderson dans la ville et l'annonce de son prochain mariage. Il lui rendit visite et les deux hommes renouèrent amitié. Invité à participer aux réjouissances, Sutton y vit l'occasion de satisfaire, d'élégante façon croyait-il, le sentiment de rancœur qu'il nourrissait toujours à l'encontre de son ancien ami. Il faisait alors graver la mâchoire de requin qu'il avait conservée en souvenir, et, en grande pompe, l'offrait comme cadeau de noces à Terry Sanderson.

En dépit du fait que les mots «neutres» et ceux «qui feraient peu de cas de l'honneur» s'adressaient bien évidemment au capitaine Niggs et, par-delà sa personne, aux nations demeurées officiellement en dehors du conflit entre l'Angleterre et les Etats-Unis d'Amérique mais qui «trafiquaient» avec cette dernière, Sanderson, devinant l'intention offensante de Sutton, pâlissait mais se contenait cependant.

«... Et là, fit Mrs Whitefield en jetant un regard de reproche à Diana, les choses se gâtèrent. Plusieurs mois après les retrouvailles des deux hommes, le corps de Michael Sutton était retrouvé dans un terrain vague, la poitrine ouverte par un magistral coup de sabre. Si le rapport de police concluait à un règlement de compte, sa femme et sa belle-famille, au courant de l'histoire et des intentions de Michael, accusèrent purement et simplement Sanderson d'avoir assassiné leur mari et gendre. L'affaire fut classée sans suite. Depuis, et ce n'est pas le moindre, une haine féroce oppose les deux familles qui se livrent une guerre économique et psychologique stupide...

— Et, l'interrompit Diana, il se trouve que Michael Sutton est l'aïeul de mon père. »

Les yeux de la jeune fille brillaient d'une flamme de combat, la tension de sa voix trahissant sa nervosité et son émoi.

«Mamie, avoue-le, toi non plus tu n'as pas oublié, fit-elle d'une voix aiguë. Et tu n'as jamais pardonné à maman de s'être mariée avec un descendant de la famille Sutton que vous autres les Sanderson détestez depuis des générations!»

L'air peiné, Mrs Whitefield fixait Diana sans mot dire. Pour ma part, j'étais stupéfait d'un tel manquement aux égards et que cette jeune fille ose ainsi accuser sa grand-mère en public. Sans nul doute, j'étais en présence de l'une de ces haines familiales dont les origines se perdent dans la nuit des temps — prurit incontournable dont les poussées sont parfois irrésistibles.

«Pourtant, reprit Diana d'un ton qu'elle s'efforçait égal, ç'aurait dû être le contraire, non? Jamais tu n'as cessé de poursuivre papa de tes sarcasmes. Et plus tard, tu as tout fait pour briser l'union de mes parents. Tatie Edwine et toi avez réussi au-delà de vos espérances, mamie chérie, non? Depuis son divorce, tu sais que maman s'adonne à la boisson et qu'elle dépense une fortune chez les psychologues — n'est-ce pas, Annick? Quant à papa, il me déteste parce qu'il trouve que je suis ton portrait craché!»

Et Diana, que la tension nerveuse avait fini par submerger, se tut, le rouge au visage.

«Allons, allons, Diana, calme-toi, je t'en prie…»

Avec un sourire d'excuse, Mrs Whitefield tentait d'apaiser sa petite-fille qui, les yeux fixant le fond de son assiette, semblait à présent honteuse de sa sortie.

«Excusez ma petite-fille, dit notre hôtesse de ce ton inimitable des grandes dames du Sud. Elle est un peu nerveuse ces temps-ci… Chers amis, fit-elle en se tournant vers les Battledown, il me faut vous remercier d'être venus ce soir. Ce fut pour moi un grand plaisir de vous avoir à *Woodland Manor*…»

*   *

«Que penses-tu de toute cette histoire, Annick? Curieux, n'est-ce pas, la réaction de la jeune fille et cette conclusion bizarre…»

Nous étions dans l'avion pour New York et nous survolions la mer.

«Bah, une histoire des plus classiques, comme j'en ai plus d'une fois entendue. Reste que la très charmante Marjory Whitefield et sa sœur sont des gens qui ont la dent dure. Notre hôtesse, à ce que j'en sais, a vraiment brisé le ménage de sa fille et manqué ruiner son ex-gendre par l'intermédiaire de ses hommes d'affaires.

— Tu y crois, toi, à la trouvaille du jeune Sutton et à cet imbroglio qui en découla?

— D'après Dorie Sutton — mais comment savoir la vérité? —, la rivalité des familles Sanderson et Sutton daterait de la guerre de Sécession au cours de laquelle son ancêtre maternel, le grand-père de l'actuelle Mrs Whitefield donc, et celui de son mari combattirent les troupes nordistes côte à côte. Quand ils furent démobilisés, Sanderson invita son ami Sutton, dont les biens avaient été confisqués et dévastés par les troupes fédérales, à le rejoindre à Baltimore, et ils décidèrent de s'associer. Las! Par un de ces clins d'œil dont le sort est friand, Sutton tombait éperdument amoureux de l'épouse de Sanderson, qui lui rendit son amour, et tous deux s'enfuyaient ensemble... Tu vois d'ici le tableau. Mais si Sanderson acceptait de perdre sa femme, en revanche il déclarait une guerre économique sans merci à Sutton, guerre reprise par les successeurs des deux clans. Plus tard, le hasard fit que Dorie Whitefield rencontrait dans un bal l'héritier Sutton et... La suite est facile à deviner.

— Mais la mort tragique de Michael Sutton?

— Là, je n'en sais pas plus que toi sinon que ce Sutton-là aurait été effectivement assassiné... Par qui, c'est un mystère.

— Comment expliques-tu cet acharnement de Diana envers sa grand-mère?

— Les adolescentes de cet âge, tu sais... Diana tient rigueur à sa grand-mère, et c'est bien normal, de son adolescence gâchée à cause du divorce de ses parents — car elle n'ignore rien de la rancune qui oppose les deux clans. Son cher père s'est offert le plaisir de l'informer des sentiments de Mrs Whitefield à son égard ainsi que des actions que l'irascible vieille dame menait contre lui et les siens. Enfin, il y a cette ressemblance physique entre Diana et sa grand-mère — tu as remarqué? — dont, après tout, personne n'est responsable. Diana en a souffert, car elle adorait son père. Voilà sans doute toute l'histoire, Artie: l'argent, toujours l'argent et... l'amour et la haine aussi, bien évidemment.»

Je méditai quelques minutes avant de questionner à nouveau.

«Annick, comment de telles détestations peuvent-elles perdurer d'une génération à l'autre? Peux-tu, toi la psychologue, l'expliquer?

— Oui et non... La vie était très dure dans le Nouveau Monde dans les temps anciens, c'est un fait. Et, dans cette société en gestation, si pudibonde et aux cercles si fermés, les sentiments étaient forcément exacerbés. Quand l'honneur et l'intérêt étaient en jeu, conduire le rival à la ruine devenait un devoir. Et les enfants, dont la mise en condition n'est pas négligeable, finissent le plus souvent par épouser les querelles de leurs parents. Pour le reste..., Annick fit un geste du bras comme pour me signifier qu'elle renonçait à toute analyse supplémentaire, je suis comme toi, je m'interroge et je ne sais pas.»

Le déjeuner nous ayant été servi, nous nous apprêtâmes à y faire honneur, car nous mourions tous deux de faim. Et tandis que l'appareil se rapprochait des côtes américaines, l'appétit, l'ambiance du vol et les mets succulents aidant, *Woodland Manor*, la jeune Diana, Michael Sutton et Terry Sanderson, Mrs Whitefield et leurs haines de famille, tout cela s'évanouit doucement de mon esprit.

LE NOMBRE D'OR

«… Ça vous épate, hein?»

Un mince sourire égayant son visage anguleux, d'un geste étudié Alix alluma une de ses éternelles cigarettes *made in U.S.* Puis il promena sur l'assistance son regard moqueur et, la jubilation dans les traits, se servit posément à boire.

Je me trouvais à «la Civadière», la propriété bananière que possèdent, non loin de Goyave, mon beau-frère Alix Ramiany et ma sœur Isabelle. Mes frères aînés, Raoul et Jean-Michel, y travaillent aussi. C'était le second dimanche d'octobre. Alix et Isabelle fêtaient le troisième anniversaire de leur dernier rejeton, un gamin trop choyé dont le teint pâle et les cheveux blonds avaient beaucoup fait jaser et dont la tardive venue au monde avait étonné car les Ramiany ont la peau couleur café. Pour célébrer l'événement, Alix et Isabelle avaient organisé un repas pantagruélique, véritables agapes de fin d'année, avec *moltani* et *méchoui* à n'en pouvoir mais, le tout généreusement arrosé du meilleur champagne de chez Toyen. La table s'était garnie de desserts, et le gamin avait réussi à souffler ses trois bougies. La vingtaine de convives que nous étions regardait avec appréhension les parts de *mont-blanc* et de *tourment-d'amour* que, par politesse, nous allions devoir ingurgiter, quand Alix, qui jusque-là s'était montré peu disert, avait réclamé notre attention. D'une voix que l'alcool avait éraillée, il prétendit qu'il allait nous régaler d'une histoire tout à fait extraordinaire, et ce, en l'honneur de son benjamin.

«… Il s'agit d'une histoire de trésor — parfaitement! D'un trésor, enterré ici même à la Civadière, que j'ai pu découvrir vous allez entendre comment.»

Un trésor… Le mot magique avait aussitôt fait son effet, figeant la physionomie des plus jeunes en une expression d'attente fébrile et déclenchant chez les plus âgés une crise d'hilarité suivie de moqueries propres à décourager le plus enragé conteur.

Mais Alix, la tête renversée en arrière, fumait et boissonnait, en apparence sûr de son fait.

C'est que, ici dans les îles, les exploits des pirates et des corsaires de la mer des Antilles sont encore dans tous les esprits. Aussi, quel propriétaire foncier n'a pas rêvé aux *pièces de huit* et autres doublons d'or arrachés à l'ennemi et cachés dans l'arrière-cour d'une habitation, ou encore à la vaisselle d'argent et aux fines pierreries escamotées à la hâte par l'un de ces anciens habitants pressés d'échapper à la *caroline* (le surnom de la guillotine) de Victor Hugues et dont personne n'a plus jamais entendu parler?

«Un samedi d'avril, poursuivit Alix quand le calme fut revenu, j'étais sous la véranda en train de parcourir les journaux de la semaine lorsque la petite Armelle m'annonce l'arrivée d'un visiteur. S'avance alors vers moi un vieil homme aux cheveux blancs: c'est un Noir, tiré à quatre épingles, qui me salue fort courtoisement. Je me lève, il se présente: «Monsieur Eugène Sigassié, magnétiseur à Petit-Bourg.» — Autrement dit, un *cakouè*! Je veux, me dit-il, vous causer d'une affaire qui vous concerne tout particulièrement…»

L'homme est grand, maigre, très élégant. Il porte moustaches, son visage est émacié. Il a les yeux clairs, le regard vif et pénétrant. Son sourire est engageant. Tout de blanc vêtu, il tient sous le bras un casque colonial en carton entoilé, et sa main gauche serre le pommeau d'une canne de bambou.

L'originalité du personnage lui paraît telle, qu'Alix l'invite à s'asseoir et à prendre un verre avec lui.

Après quelques vagues préliminaires, le «magnétiseur» en vint à l'objet de sa visite. Il détient, assure-t-il d'un air avantageux, la preuve «irréfutable et tangible» qu'il existe, quelque part dans le sous-sol de la Civadière, un véritable trésor «d'une valeur probablement inestimable». Le trésor aurait été caché là par le célèbre corsaire Antoine Fuët juste avant d'entreprendre la croisière au cours de laquelle il trouva la mort.

«Mais comment savez-vous tout ça, monsieur Sigassié?» interroge Alix incrédule mais qui sent sa curiosité s'éveiller. «Oh, çà! lui répond l'autre en découvrant une dentition éblouissante, je le sais parce que je l'ai découvert, monsieur Ramiany! Si vous le permettez, je vais vous dire comment…»

Et le visiteur de raconter comment lui échut en héritage un certain cylindre de cuivre, son arrière-arrière-grand-mère ayant été la «mabo», la gouvernante, de la veuve d'un riche planteur créole, Elisabeth Longuemanche de la Nolandière, alors propritaire de «la Civadière».

«Quel rapport? l'interrompt Alix à qui la patience n'est pas le fort.

— Attendez donc, glisse doucement son visiteur. Et laissez-moi vous conter cette extraordinaire et très authentique histoire…»

Les faits se déroulent en 1794. Le délégué de la Convention et (tristement) célèbre Victor Hugues, homme de petit savoir mais de grand vouloir, a entrepris de nettoyer la Guadeloupe de la «peste aristocrate» c'est-à-dire de tout ce que l'île compte de gens en place et de planteurs. Aussi riche que belle, et veuve de

surcroît, Elisabeth de la Nolandière et Antoine Fuët filent le parfait amour. Leur idylle n'est pas du goût de Victor Hugues qui a
des visées personnelles sur la dame ainsi que sur la magnifique
propriété qu'était en ce temps «la Civadière». Pour le Sangui-
naire, l'affaire est difficile: le corsaire n'est pas homme à se laisser déposséder, il adore Elisabeth, il parle même de jeter son sac à
terre pour l'aider à gérer son domaine.

Sous la grossièreté de son apparence, Victor Hugues est un
homme avisé: il délivre une lettre de marque à Antoine Fuët
avec mission de chasser la flotte anglaise. Le corsaire prend la
mer et, parce qu'il se montre cette fois trop téméraire, la mer
l'engloutit. Dès qu'il a connaissance de la disparition de son
rival, Victor Hugues dévoile sa flamme à madame de la Noland-
dière qui, horrifiée, le repousse. Le maître de la Guadeloupe la
menace de ses foudres si elle s'entête à lui dire non. Elle tint
bon. Mais l'époque n'est pas à la tergiversation: des âmes charitables l'avertissent qu'elle risque sa tête. Elle hésitait sur le parti
à suivre, l'exil ou la couche de Victor Hugues, quand, au petit
matin, quatre cavaliers se présentent à «la Civadière»…

Courtoisement, les cavaliers lui intiment de les suivre au
Port de la Liberté — la ville de Basse-Terre, que le Conven-
tionnel a cru de son devoir de rebaptiser. Victor Hugues l'y
attend. Il donne un grand bal dont elle sera l'invitée d'honneur. La dame essaie de gagner du temps: peine perdue, ces
messieurs ne sont pas d'humeur à discuter. La mort dans
l'âme, Elisabeth monte en calèche…

«Entre le départ de madame de la Nolandière et la conclusion de cette affaire, assure Eugène Sigassié à Alix, on ignore
ce qui s'est vraiment passé. Mais on peut subodorer que,
confrontée à l'ignoble, la fière aristocrate a préféré la mort au
déshonneur…»

Accusée d'entretenir des relations avec l'étranger (les Anglais, avec qui la France était en guerre et qui avaient en tête le projet de reconquérir la Guadeloupe) et de se préparer à émigrer, cinq jours après son arrivée au Port de la Liberté Elisabeth de la Nolandière est jetée en prison. Les magistrats à la solde de Victor Hugues instruisent son procès. Tout va très vite et, au terme d'une parodie de justice, le tribunal révolutionnaire la reconnaît coupable des deux chefs d'accusation portés à son encontre. Elle est condamnée à la peine capitale, ses biens sont saisis et placés sous la tutelle de l'Etat...

«Mais, mais!, précise le «magnétiseur», avant de partir pour Basse-Terre, madame de la Nolandière avait pris quelques précautions. C'est ainsi qu'elle avait confié à mon aïeule cet objet dont je vous ai parlé, avec mission de le remettre à son frère qui, tôt ou tard, pensait-elle, reviendrait de son exil à Trinidad...»

Pressé de questions par Alix, Sigassié, sans s'émouvoir car il sentait le poisson ferré, apprit à son interlocuteur que le frère de la dame n'avait jamais reparu à la Guadeloupe. Le cylindre était donc resté dans sa famille, enfoui au fond d'une malle, jusqu'au jour où sa mère mourait en lui laissant pour héritage, entre autres babioles, ladite malle.

A la demande d'Alix, Sigassié décrivit le contenu du cylindre de cuivre: un morceau de peau de cabri, parfaitement tannée et conservée puisque à l'abri de l'humidité, sur laquelle on avait dessiné à l'encre de Chine «... un plan, un véritable plan! Avec des chiffres, des lettres et des symboles, le tout incompréhensible pour le *vulgum*, mais que moi, Eugène Sigassié, je suis le seul à pouvoir interpréter.»

Le magnétiseur se rengorgeait, très fier de son savoir.

«Et c'est quoi, ces symboles? s'enquit Alix, dont le pouls s'était accéléré.

— Tout est là, monsieur, tout est là!... Si vous êtes d'accord et que nous fassions affaire, je suis prêt à vous céder le plan, et surtout à vous aider à localiser le magot — ce qui est l'essentiel, convenez-en! Ma rétribution, que je veux modeste, sera de vingt-cinq mille nouveaux francs que vous me verseriez en billets de cinq cents tout craquants... Qu'en dites-vous? J'ajouterai que ce n'est vraiment pas cher payer un renseignement de cette qualité.»

Alix fixa son visiteur sans répondre. De caractère méfiant, incroyablement économe et même avare, mon beau-frère est de ces gens qui ne font aucune confiance à ceux qui prétendent leur faire débourser à la légère leur bel argent.

«Oui et non... avance-t-il sans s'engager. Mais si nous tombions d'accord, comment comptez-vous procéder? Et auriez-vous l'amabilité de m'expliquer *pourquoi* vous seriez le seul à pouvoir déchiffrer ce plan?»

Les yeux de Sigassié étincelèrent.

«C'est fort simple. Il vous faut savoir que, par grâce spéciale, je possède la faculté d'invoquer les Esprits et de communiquer avec les représentants des Forces invisibles. Oui... Car bien que cela ne soit pas inscrit sur ma figure et que ma langue ne soit pas bavarde, fait-il en se rengorgeant, je suis un homme très instruit, vous savez?»

Alix haussa les épaules: communiquer avec les Esprits, et quoi encore!? Instruit, instruit..., pensait-il avec rancœur, qu'ai-je à foutre de son instruction? Ce Nègre-là me prendrait-il pour un couillon, moi dont la fortune en terres et en bœufs est l'une des plus établies de toute la Capesterre?

Et lui, Alix, ne possédait pour tout diplôme que son certificat d'études.

Pourtant, en dépit de sa suffisance, ce *cakouè* lui est sympathique et l'homme lui inspire confiance. Sa longue expérience de terrien lui a enseigné l'art de débusquer les faiseurs. Si donc l'homme affirme détenir le plan d'un trésor — *son* trésor, puisqu'il se trouve dans ses terres — c'est qu'il possède bel et bien ce plan.

Alix, qui ruminait ses pensées, se voyait déjà à la tête d'un magot imposant. De l'or, sûrement; des bijoux et des pièces de huit. Converti en beaux billets de banque, le trésor, investi en vaches laitières et en terres agricoles, ferait de lui à coup sûr l'Indien le plus riche de l'île. Mais vaille que vaille, il allait devoir débourser vingt-cinq mille francs…

Le silence entre les deux hommes s'épaississait. Le magnétiseur, en gentleman qui connaît la valeur de la réflexion, attendait dignement. De temps en temps, avec distinction, il trempait ses lèvres dans la boisson glacée puis contemplait d'un œil admiratif les évolutions des colibris qui butinaient alentour les fleurs d'hibiscus.

Alix calcula mentalement le nombre d'animaux qu'il aurait à vendre pour réunir la somme nécessaire. Le chiffre lui semblant excessif, il chassa de sa pensée la perte de ses précieux bœufs pour se concentrer sur le problème du trésor.

La maîtresse de Fuët, lequel était flibustier… Cet Hugues coupeur de têtes qui chassait le planteur blanc… Mais oui, tout se tient! se dit-il. Le corsaire enterrait là son butin, pour le jour où… Ah, pas de doute, je rentrerai largement dans ma dépense si… Mais si ce type essaie de me gruger, gare à ses fesses! Au fond, qu'est-ce que je risque, se dit-il encore, puisque mon bonhomme s'engage à faire le nécessaire. *Sacrédié*, ce bonhomme serait-il l'envoyé de la Providence?

Au contraire des autres membres de notre famille, Alix ne croyait ni à Dieu ni à Diable; en fait, il appartenait à cette race d'hommes un peu obtus qui ne comptent, dans la vie, que sur les vertus de leur travail et sur leurs propres forces. Bien sûr, il savait que la chance existait et que chacun avait une destinée. Mais tout ceci était bien nébuleux, quelque chose comme la mort qu'on ne voit pas et dont on se doute qu'elle doit nous saisir un jour, l'important dans la vie étant de saisir les bonnes occasions... Or ne voilà-t-il pas qu'un heureux hasard l'avait placé, lui Alix Ramiany, à la tête d'une habitation dont l'ancien propriétaire était la maîtresse d'un flibustier qui... A coup sûr, le ciel lui adressait un clin d'œil amical qu'il serait bien fou d'ignorer.

Comme il hésitait encore, Alix eut l'intuition que, là sous ses pieds, quelque chose gisait; quelque chose de solide et de précieux qui ferait de lui quelqu'un d'opulent.

Soudain, une pensée lui traversa l'esprit et il questionna le *cakoué*:

«Mais dites-moi, Sigassié: pourquoi n'avoir pas vous-même tenté de le récupérer, ce trésor, puisque vous êtes en possession du plan...»

Nette, la réponse fusa:

«Mais parce que je ne suis pas un voleur, monsieur Ramiany! Cette terre est vôtre, votre père l'a achetée, vous êtes donc ici chez vous: tout vous appartient, dessus et dedans la terre.»

Et Sigassié de partir d'un rire bon enfant comme pour signifier qu'il ne s'imaginait pas un instant que son interlocuteur eût cherché à l'insulter.

«Mais qu'est-ce qui vous fait croire, insista Alix, qu'il s'agit bien de la Civadière? Après tout, ce peut être chez l'un de mes voisins, non?»

Le regard du magnétiseur se durcit.

«Oh, pour ça, faites-moi confiance. Il ne peut y avoir de doute! Mais j'y pense...»

Claquant son front de sa main ouverte, l'homme parut tout à coup inquiet.

«Est-ce que la vieille fontaine de pierre, celle avec une colonne sur laquelle est gravé un cercle et d'une croix en son milieu, est toujours à sa place?

— Sans doute. Et ce sont toujours les mêmes vieux canaux qui amènent l'eau jusqu'à la maison...»

L'heure ayant tourné, il fut bientôt temps pour Sigassié de prendre congé. En fin manœuvrier, Alix cacha à son visiteur combien il était intéressé. L'air de qui a bien d'autres soucis en tête, il dit qu'il lui porterait sa réponse sous huitaine.

Que de faire de mentir, se dit Alix resté seul et qui pensait à présent en langue créole (chose qu'il ne se permettait d'habitude qu'aux seules heures de travail), ce mâle-cochon de *cakouè* drivaille à coup sûr dans le vrai: le nom du premier propriétaire de «la Civadière», par exemple, en même temps que la vieille fontaine et le cercle en son point-mitan. Ce diéseur-major n'a jamais traîné ses pieds dans ma propriété, ça, c'est sûr-certain! Et quant à ces Créoles de l'antan, tonnerre!, il n'y a que ce crapeau-ladre de notaire-blanc et de mézigue qui nous souvenons encore de leur nom... Longuemanche de la Nolandière. — Ouais! Tout ça, se dit-il en guise conclusion et en repassant au bon vieux français, est troublant: il me faut en parler à Isabelle.

Consultée le soir du même jour, Isabelle encouragea Alix à ne pas différer sa décision et à accepter, moyennant quelques restrictions, l'offre du *cakouè*.

«Cet homme n'est pas fou, lui assura-t-elle. Il sait ce qu'il risque à te berner. A coup sûr, il possède le plan, sinon il ne serait pas venu. Et puisqu'il s'engage à trouver le trésor en personne...»

Isabelle, dont l'horoscope de la semaine lui avait prédit «attendez-vous à un grand bonheur», se voyait déjà, la gorge couverte de bijoux, paradant dans de magnifiques atours sous les regards envieux de ses amies et de ces «dames», les riches Créoles de Capesterre et de Goyave.

«Pour l'argent, c'est une belle somme, je te l'accorde. Inutile de vendre tes bœufs, les vaches sont pleines et ce n'est pas le moment. Je vais gager mes bijoux, y compris le collier *grain d'or* de maman...»

Après avoir refusé ce qui était pour sa femme guère moins que le sacrifice d'Abraham — car sans le *grain-d'or* que lui avait légué notre grand-mère, le dimanche à la messe Isabelle se sentait aussi nue qu'on pût l'être —, Alix prit sa décision: il allait tenter le coup car, ainsi qu'il l'affirma à Isabelle, «le serpent qui ne change pas de peau n'est pas un vrai serpent»*.

Le mardi suivant, Alix frappait à la porte d'Eugène Sigassié. Le magnétiseur le reçut avec les marques d'une parfaite urbanité et l'introduisit dans son «atelier de travail» — une pièce encombrée d'animaux naturalisés, de livres reliés et poussiéreux avec, fixés aux murs par des punaises, des cartes et des chromos. Sur une table de bois des îles, des flacons à long col remplis de liquides multicolores voisinaient avec des statuettes d'os, des papiers couverts d'une écriture hiéroglyphique ainsi qu'un très beau poignard au manche incrusté d'ivoire.

«Asseyez-vous donc, monsieur Ramiany... Je suis content que vous ayez pris la bonne décision et je vous promets que vous ne le regretterez pas!»

---

* *En fait, ce proverbe est quelque peu différent, en créole*: «*Sè'pen ki-ka changé pô, tou'jou sè'pen!*» (NDA)

Sigassié rayonnait de bonne humeur et de gentillesse. S'emparant d'un paquet qu'il sortit d'un tiroir de sa table de travail, il dit:

«Voici la chose en question. Cependant... Il hésita, semblant se souvenir d'un fait important. Avez-vous l'argent?

— Montrez-moi le cylindre et le plan, lui répond Alix, on parlera argent après.»

Le magnétiseur défit les ficelles qui nouaient le paquet. Après qu'il eut enlevé les trois couches de fort papier qui, telles les bandelettes d'une momie, l'enveloppaient, apparut un coffret de bois verni dont il releva le couvercle. D'un geste preste, il avança la main et ramena à lui un objet qu'il tendit à son visiteur.

«Constatez par vous-même, je vous prie.»

Alix saisit ce qu'on lui offrait pour l'examiner de près.

C'était bien un cylindre de cuivre.

Long d'environ douze centimètres et large de trois, patiné par les ans, le cylindre apparaissait bien, même pour un profane, comme une pièce ancienne. Sur le bouchon, il y avait un chiffre, un *A* et un *F* entrelacés.

«Les initiales d'Antoine Fuët...» lui souffla Sigassié qui suivait attentivement la progression de son examen.

Alix dévissa le bouchon et, glissant son index à l'intérieur du cylindre, ramena à lui un morceau de cuir semblable à la peau de chamois qu'utilisent les automobilistes, mais noirci et aussi fin que du parchemin,

«Alors, triompha le *cakouè*, qu'en dites-vous!?»

Sans répondre, Alix déroula avec précaution le fragment de peau.

«Voyez le dessin, les symboles et les chiffres... Là!» insista Sigassié.

Quoique décolorés, les lignes et les caractères étaient parfaitement visibles. Sur la droite, des traits sinueux avec un poisson au milieu représentaient la mer. Sur la gauche, une ligne irrégulière, tirée en diagonale, désignait le rivage. En un trait plus épais, l'auteur avait figuré une rivière.

«Mais… cette embouchure!?» s'exclama Alix.

— Ah! je vois que vous l'avez reconnue…» Sigassié avait la mine modeste mais épanouie d'un homme que l'on félicite de ses exploits. «Sauf votre respect, cette avancée en forme de gland, là sur votre gauche, c'est bien sûr l'embouchure de la Rivière-à-Goyave, et rien d'autre. — N'est-ce pas?»

Il insistait, les yeux brillants, sûr de son fait.

«Oui…» admit Alix qui étudia le plan avec une attention accrue. Voici la carte qu'il avait sous les yeux.

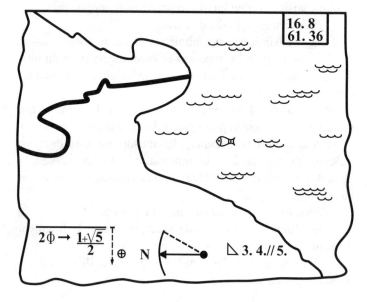

Les chiffres du haut sont des coordonnées géographiques, pensait Alix. Ceux du bas sont pour moi du chinois. Et ces figures, là, que peuvent-elles bien signifier? Ah, tout ça est bien trop compliqué pour moi…

Sa perplexité et sa curiosité allaient croissant: ce «parchemin» était à coup sûr authentique, et un véritable plan. Le trésor était donc enterré à la Civadière… Mais pourquoi, songeait-il, le bonhomme est-il si peu gourmand? Sigassié pouvait lui réclamer le quart ou le tiers de la trouvaille, et non pas seulement vingt-cinq mille francs! Quels mystères, quel traquenard peut-être se cachaient derrière le visage avenant du Nègre?…

Comme s'il avait deviné les pensées d'Alix, Sigassié tapota le plan et, d'un ton dans lequel perçait l'autosatisfaction, dit:

«Il n'y a qu'une seule personne au monde capable de déchiffrer ceci, monsieur Ramiany, je vous le répète: cette personne c'est moi, Eugène Aristide Sigassié. La somme que je vous réclame est bien modeste en comparaison de la fortune qui vous attend, oui. Mais laissez-moi vous dire… Je suis un Magnétiseur, l'héritier d'un savoir occulte et de choses révélées seulement à un tout petit nombre: violer la règle sacrée, celle qui nous condamne au silence et à toujours dire la vérité, serait me condamner à brûler pour l'éternité. Est-ce que vous comprenez?»

Alix hocha la tête, se demandant où l'autre voulait en venir.

«Voyez-vous, reprit Sigassié d'une voix lasse et comme si cet étalage de vertus lui avait coûté, je suis un vieil homme qui a beaucoup vu, beaucoup vécu: je n'espère plus rien en ce bas-monde si ce n'est qu'on me fiche la paix et que je finisse

143

ma vie, tranquille dans la maison que je suis en train de bâtir. Il y a quelques jours, j'ai fait un rêve. C'était un rêve bien étrange, à vrai dire — et les rêves sont le tableau noir et la craie dont use l'Invisible pour nous faire signe, non? Une voix me parlait dans la nuit qui me disait: «Eugène, mon fils, rends-toi là-bas: prends le cylindre de cuivre et fais en sorte que l'homme de la Civadière rentre en possession du bien que je lui ai préparé il y a de longues années... Va, et écoute-moi.» Alors, j'ai obéi, monsieur. Je suis venu à vous, et je vous ai découvert l'existence du cylindre. Oui, ajouta-t-il avec conviction, je vous aiderai de mes connaissances pour déchiffrer le rébus et vous permettre d'entrer en possession du trésor.. D'ici peu, vous serez un homme très riche. Mais...»

«... Un petit digestif pour nos invités, Alix?»

Coupant sans façon la parole à son mari, Isabelle avait surgi, un plateau dans les mains, et proposait une menthe à l'eau aux enfants, un alcool aux adultes. Le scepticisme affiché dans ses traits, mon frère aîné, Jean-Michel, interpella Alix.

«Enfin, Alix, dis-le-nous sans plus attendre: as-tu oui ou non découvert un trésor dans ta propriété? Si oui, en quoi consiste-t-il?» Alix leva la main et Pierre-Paul, le fils de Jean-Michel, qui allait sur ses quinze ans, s'exclama: «Oh oui, ton-ton, dis-le-nous, à présent! Ras le bol d'attendre...»

Mais Alix, qui ressentait l'emprise qu'il avait sur nous tous de par la nature de son récit, et à qui il ne déplaisait pas de nous faire patienter, prit le temps d'avaler une gorgée de champagne et d'allumer une cigarette avant de lancer: « Bon, je continue...»

Aussitôt, le silence régna autour de la table.

«Oui, répondit Alix à Sigassié, j'ai apporté la moitié de la somme convenue. Toutefois, avant de vous la remettre, je désire que vous me parliez encore du cylindre et de vous aussi, si cela ne vous dérange pas.»

Hochant la tête, le magnétiseur répéta patiemment son histoire et comment le cylindre de cuivre était tombé en sa possession. Ses parents se l'étaient transmis de père en fils car, dans l'impossibilité de comprendre de quoi il s'agissait et ne sachant pas quoi en faire, ils l'avaient conservé comme porte-bonheur. Changeant brusquement de ton, le *cakouè* tira gloire de son grand-père maternel, «un Blanc-pays de Saint-Claude versé dans les sciences occultes» qui lui avait donné, précisa-t-il avec emphase, le goût des livres et celui des études. Il avait aussi beaucoup voyagé et longuement observé la nature et les hommes.

«... Et voilà, conclut l'homme du cylindre, tout ce que je puis vous dire.»

Comprenant qu'il n'en tirerait rien de plus et que le moment était venu de s'exécuter, Alix lui remit la moitié de la somme totale non sans avoir convenu avec lui de la suite à donner aux opérations.

«Rendez-vous là-bas à la lune de mai, à onze heures du soir, lui promit le magnétiseur. Il nous faut absolument être sur place avant minuit.»

Au jour dit, le premier de la lune du mois de mai donc, Sigassié se présentait à la Civadière en compagnie d'un jeune homme de dix-neuf ans qu'il présenta à Alix comme étant son petit-fils.

«Mon petit-fils Péridès... N'ayez crainte, Péridès est sourd et muet: nos secrets seront bien gardés. Je l'ai amené car j'ai besoin d'aide, vous comprenez?»

L'air modeste, Péridès se tenait en retrait de son grand-père.

«Sa présence est-elle indispensable? interrogea Alix qui pensait que moins il y aurait de participants, mieux cela vaudrait.

— Tout ce qu'il y a de plus indispensable. Vous verrez pourquoi quand nous serons à pied d'œuvre.»

Péridès, qui portait un grand sac en bandoulière et tenait à la main une pelle et une pioche, avait une mine qui inspirait confiance.

«C'est bon, dit Alix, en route, maintenant. Il n'est pas loin d'onze heures quinze… J'ai avec moi tout le nécessaire, rassurez-vous, Sigassié.»

A la demande du *cakouè*, Alix s'était pourvu d'une boussole graduée, d'un décamètre, d'une pelote de ficelle et, outre de quoi écrire, du plan.

Munis de leur attirail et éclairés par la lueur de la lune, les trois hommes se mirent en route. Ils longeaient le fossé de Fortyle en direction du jardin qui se trouve derrière la maison, tout au fond de la propriété. Sur leur droite et non loin, les eaux de la Rivière-à-Goyave reflétaient la lumière et, sous leurs pas, les feuilles mortes craquaient. Brusquement, Alix s'arrêta: ils se trouvaient en présence de la fontaine et de son monolithe. Celui-ci, l'allure élancée d'un menhir, avait en son centre un motif sculpté qui tenait lieu de «bouche» au jet d'eau qui se déversait dans un bassin semi-circulaire.

Ayant allumé sa lampe-tempête, Sigassié l'éleva.

«Oui, c'est bien la colonne, murmura-t-il sur le ton de la satisfaction. Et le dessin aussi: un cercle muni de quatre rayons… Maintenant, au figuier!»

Abandonnant leurs outils auprès de la fontaine, Alix en tête, les deux hommes et l'adolescent gagnèrent le couvert du grand figuier-maudit qui sépare «la Civadière» de la propriété

voisine. Si Alix était surpris que le *cakouè* eût connu l'existence de l'arbre centenaire, il n'en laissa pourtant rien
paraître.

«L'arbre est sur votre droite, à une trentaine de mètres.»

Alix parlait bas comme si, à cette heure et en ce lieu, quelqu'un eût pu surprendre ses paroles.

Le figuier-maudit est un arbre aux proportions titanesques
dont les racines aériennes couvrent un large espace, chacune
devenant un tronc distinct au bout de quelques années. Bien
que la réputation de ces arbres fût détestable — les agricul-
teurs affirment que les racines souterraines, «courant» jusqu'à
des distances considérables, puisent l'eau et absorbent les éléments minéraux disponibles, stérilisant ainsi le sol, et les
vieilles gens que les esprits des morts tiennent conseil sous
l'arbre (d'où son autre nom d'«arbre-aux-Esprits») —, aucun
des propriétaires de «la Civadière» ne s'était résolu à couper
le figuier-maudit. Car, de ses «troncs» multiples, mais surtout
de ses ramures qui dominaient le sol à près de quarante mètres
de hauteur, il se dégageait une impression de force, d'équilibre naturel et de beauté dont il aurait été dommage de se pri-
ver.

«Péridès, commanda le *cakouè*, passe-moi le sac, veux-tu?
L'heure tourne et il sera bientôt minuit: le Voyageur n'attendra
pas...»

Du sac ouvert, Sigassié extirpa différents objets, dont un
ensemble de flacons de couleurs, qu'il déposa sur la nappe
blanche déployée devant lui. Après avoir recommandé à Alix
de bien vouloir observer le silence et de ne pas bouger «quoi
qu'il puisse se passer», l'homme ficha dans le sol une vingtaine de bougies allumées de façon à former un cercle au
milieu duquel il se trouvait. Sans plus tarder, il se déshabilla,

plaçant ses vêtements en dehors du cercle. Entièrement nu à présent, il fit un signe à Péridès qui s'était accroupi. Le jeune homme plongea la main dans le sac et lui tendit quelque chose qu'Alix entr'aperçut et qui, manifestement, remplissait Péridès de crainte.

C'était une statuette sur laquelle jouaient les rayons de la lune.

«Imaginez-vous cet objet, haut d'une trentaine de centimètres, en os ou en ivoire je ne sais, qui représentait un homme à tête de crocodile — parfaitement, de crocodile! Alix plissa les yeux et ricana. Toute cette mise en scène — le cercle, les bougies et la statuette — était tellement grotesque que, l'espace d'un instant, j'eus envie d'empoigner mes deux lascars et de les mettre au galop...»

Pensant aux douze mille francs qu'il avait déjà versés, Alix n'en faisait rien cependant et prenait le parti d'attendre la suite des événements.

Le regard braqué sur la statuette qu'il avait placée debout en face de lui, Sigassié leva les bras tout en marmonnant des incantations. Puis, s'étant agenouillé, il s'empara des flacons pour vider quelques gouttes de chacun sur son front, sa poitrine et son sexe. Ce rite accompli, de la main droite et sans cesser ses incantations, le *cakouè* traça en l'air des figures géométriques, véritables signes cabalistiques aux pouvoirs évidemment magiques.

Il reposa les flacons et, les yeux clos, le buste bien droit, demeura ainsi sans bouger.

Une minute puis deux s'écoulèrent. Brusquement, une odeur douceâtre emplissait l'air: Péridès avait allumé une pipe qu'il tendit à son grand-père. Sortant de son immobilité quasi léthargique, le magnétiseur prit la pipe, la porta à ses lèvres et en tira rapidement une dizaine de bouffées avant de la rendre à son petit-fils. Puis le *cakouè* se mit à chanter sur un ton plaintif et dans une langue inconnue, tout en accompagnant sa mélopée de contorsions bizarres.

Par la magie de ce chant et d'un nuage noir qui avait masqué la lune, il sembla à Alix que l'atmosphère s'était brusquement épaissie. L'humidité le pénétrait jusqu'aux os tandis que la brise, qui s'était maintenant levée, faisait vaciller la flamme des bougies et murmurer les ramures. Dans le lointain, portés par le vent, on entendait les gémissements des deux chiens qu'Alix avait enchaînés pour la circonstance.

«... Tout à coup, la scène cessa d'être comique et je frissonnai: j'avais l'impression que les ténèbres autour de nous se peuplaient, que nous étions entourés par une présence invisible et malfaisante. A ce moment, je l'avoue, oui, j'étais à deux doigts d'y croire. — Ah, ces *cakouès*!»

Alix en riait rétrospectivement.

Mais la lune se découvrait. Sigassié, qui transpirait maintenant à grosses gouttes et qui paraissait s'être endormi, poussa un grand cri en ouvrant les bras, paumes vers le haut, en une attitude de supplication. Les yeux révulsés, le *cakouè* se mit à psalmodier d'une voix caverneuse puis à parler comme s'il répondait aux questions d'un tiers invisible.

Voici, ainsi qu'Alix nous le rapporta avec force mimiques expressives difficiles à transcrire et en tordant son visage (ce qui nous égaya en dépit de notre incertitude), ce que dit en langue créole et fit alors le *cakouè*.

«... *Caïman, oh Caïman-là! Mi-mwen*, me voici... (grimace d'Alix). Ton fils est là qui t'attend. Oui, je t'écoute, ô papa... Oui, oui, oui! (Ces trois «oui» prononcés sur un ton decrescendo.) Je note... Je note... Du cercle vers les étoiles, l'eau éteint la flamme... Et des bois et des vallons, le second rayon éclaire le maillon... Je note... Je note... (nouvelles grimaces d'Alix). Au levant à *trente*, et dure *huit*... Et encore *vingt-cinq*. Oui, oui, oui (crescendo, cette fois-ci). Frappe et refrappe à... *un*... *zéro*... *sept*! Et souviens-toi, mon fils, souviens-toi du nombre brillant des Ténèbres!»

Ses bras battirent le vide et Sigassié s'écroula comme s'il avait été frappé par la foudre. Alix, qui suivait à la lettre les instructions du *cakouè* et qui avait fidèlement noté les chiffres, pensant que le vieil homme avait une attaque, allait se précipiter pour l'aider quand Péridès, le retenant par le bras, indiqua du doigt le cercle en émettant une série de borborygmes et en roulant des yeux effarés. Alix comprit et ne bougea pas. Coiffant rapidement la statuette d'un chiffon de couleur, le jeune homme approcha un flacon des narines de son grand-père, lequel reprit aussitôt connaissance.

Comme s'il sortait d'un mauvais rêve, le magnétiseur regarda autour de lui. Puis, le ton anxieux, il questionna Alix:

«Avez-vous bien noté? Ah, je ne me souviens de rien...»

Il avait la bouche pâteuse et articulait avec peine. «Mais oui, le rassura Alix. Tout a été noté, ne vous inquiétez donc pas. Voici le papier...»

Sigassié, rapprochant son visage jusqu'à toucher le papier du nez, s'abîma dans une profonde réflexion dont Alix eut garde de le tirer.

«Pas très bavards, vos esprits... plaisanta Alix. Leur avez-vous posé les bonnes questions, au moins?»

Sigassié le rabroua vertement:

«Ne plaisantez pas avec le Monde Inconnu, monsieur Ramiany. Et croyez-bien que si je fais tout ceci, c'est parce que les Puissances me l'ont ordonné! J'ai risqué ma peau, dites-vous ça… Croyez-vous qu'on rencontre impunément un Voyageur?»

Le magnétiseur n'était pas content et l'exprimait à sa façon. Ramassant ses effets, il se rhabilla et commanda d'une voix sèche à son petit-fils de tout ranger. Puis, suivi d'Alix qui se sentait floué, il reprit le chemin du monolithe.

«Monsieur Ramiany, lui glissait Sigassié qui s'était radouci et alors qu'ils parvenaient à la fontaine, vous êtes un homme à chance… Voyez-vous, les points noirs qui existaient encore dans ce message sont devenus pour moi clairs comme de l'eau de roche. Je *sais* où se trouve le trésor, à présent, et nous allons le déterrer sans perdre de temps, vous verrez.»

Alix ne demandait qu'à croire.

«… Et là, les amis, croyez-moi ou pas, à votre gré, le vieux bonhomme me *traduisit* le plan: c'est comme je vous le dis!»

Une nouvelle fois, il se tut, savourant l'effet que sa déclaration avait produite.

Jaillies d'une demi-douzaine de poitrines, les questions fusèrent toutes en même temps: «Qu'a-t-il dit, voyons?… Qu'a-t-il fait?… Qu'as-tu trouvé?… Allons, dis-le-nous…

— Silence tout le monde! commanda mon beau-frère de sa voix d'important propriétaire foncier. Je m'en vais vous le dire. A partir de la fontaine représentée sur le plan par le cercle aux rayons, on marcha vers le nord-est en conservant un cap de *trente* degrés et ce, jusqu'à une distance de *huit mètres vingt-cinq*. Là, on creusa un mètre et des poussières et… et la pioche rendit un son mat, différent.»

Alix leva la main comme pour appuyer ses dires ou pour nous empêcher de l'interrompre.

«La pointe de l'outil avait buté sur un lambi… Des tas de lambis imbriqués les uns dans les autres et recouverts de charbon de bois. On enlève le charbon à la main, puis les lambis, et apparaît le dessus d'un coffre…»

«Ça y est! me dis-je avec un pincement de jalousie au cœur, Alix a trouvé un trésor! Quel veinard, tout de même!»

«… En vérité, c'était rien qu'une boîte avec des ferrures, pas bien grosse, pas bien lourde, en assez bon état. On l'enlève, on rebouche le trou, et nous voilà repartis pour la maison. Là, sans perdre de temps, je règle à Sigassié ses douze mille cinq cents francs en beaux billets craquants et…»

Jean-Michel lui coupa la parole.

«Mais enfin, Alix… ces types étaient deux et toi tout seul! Ne me dis pas que tu ne t'attendais pas à un mauvais coup!?

— Un mauvais coup, moi!?… Alix s'esclaffa. *Ou-pa kon'net mwen, mon fi*, tu ne me connais donc pas!? Je tenais mes lascars à l'œil et j'avais *ça* avec moi (ce disant, il se tapota la poche arrière dans laquelle il lui arrivait de glisser son pistolet calibre 6,35), une balle engagée dans le canon… Mais il n'y avait rien à craindre.»

Dévoré que j'étais par la curiosité, j'intervins à mon tour:

«Alix! Et si tu nous décrivais le contenu de ce coffre? Ah, ah, nous connaissons l'origine de la Mercedes, à présent…»

Alix protesta en riant:

«Frédéric, mon bon… Tu n'y es pas, mais pas du tout! La Mercedes, c'est une affaire de bœufs que j'ai faite il y a deux ans. Mais… tournez-vous, et regardez sur la petite table, derrière vous — là!»

Dociles, nous regardâmes dans la direction qu'Alix nous indiquait de son doigt tendu. Sur un guéridon ancien, Isabelle avait posé douze tasses à café de la plus fine, de la plus belle porcelaine qu'il m'ait jamais été donné de voir. Luisant dans sa soucoupe en argent massif, chaque tasse était décorée d'un motif représentant une grue en vol, le tout d'un goût exquis.

«Oh, quelle merveille! Et quelle fortune ces tasses doivent coûter, vraiment!»

La tablée entière se récriait, chacun voulant voir de plus près et toucher les tasses.

«Une fortune, ouais, si on peut dire… Le ton d'Alix était dubitatif. Je puis vous assurer qu'entre les vingt-cinq mille francs que j'ai versés au *cakouè* plus le prix de la remise en état de ceci… (Alix fit un geste en direction du plateau qu'Isabelle soulevait avec précaution), la fortune en question s'est réduite comme peau de chagrin — n'est-ce pas Isabelle?»

Isabelle prit le temps de poser le plateau devant elle, et, tandis que la bonne apportait du café, dit:

«Mais, Alix, tu oublies les dix louis d'or, les deux bagues et le superbe bracelet en or que voici! N'est-ce pas ravissant! Cela vaut très cher, m'a dit Nicoletti.»

Elle élevait le bras, offrant à notre admiration un superbe bracelet en métal précieux et une bague surmontée d'une grosse pierre rouge qui lançait mille éclats.

«Le banquier nous a assuré que chacune de ces pièces valent au moins quatre mille francs, souviens-toi… Nous les garderons pour l'héritage de nos enfants.»

Alix approuva du bout des lèvres: à ses yeux, les pièces n'étaient que broutille et les bijoux de la vulgaire quincaillerie — rien de comparable en vérité à une douzaine de bonnes vaches laitières ou à quelques carreaux de belle terre.

«Tout ça, c'est bien beau, intervint à nouveau Jean-Michel. Mais tu ne me feras croire, mon cher Alix, que ton *cakouè* de Sigassié parlait aux Esprits… Jamais de la vie!»

Alix, l'air malicieux, plissa les yeux.

«Evidemment que non, mon vieux, qu'est-ce que tu crois!? Mais il est vrai que tout ceci a eu — comment dire? des effets inattendus!» Il cligna de l'œil en direction d'Isabelle qui, gênée, se leva pour resservir du café. «Mais c'est une autre affaire... La solution, je l'ai eue l'an dernier grâce à mon ami Jean-Pierre Nirassam qui est, vous vous en rappelez peut-être, professeur de mathématiques au lycée de Pointe-à-Pitre.»

Alix prit le temps de vider sa tasse de café, et continua.

«Ce que vous ne savez probablement pas, c'est que Jean-Pierre est également un botaniste éminent et un franc-maçon d'un grade élevé. Je lui racontai toute l'affaire en lui demandant, à lui qui savait tant de choses, ce qu'il en pensait vraiment. Eh bien, après m'avoir écouté, il examina le plan et en *vingt* minutes — oui, pas une de plus, vous avez bien entendu! il trouvait la solution. — Ah, voici le plan!»

Chacun voulut examiner et palper le morceau de peau qu'Isabelle avait été chercher. Tout était bien comme Alix nous l'avait décrit.

Les commentaires épuisés, mon beau-frère reprit:

«Ses explications, je les ai là (il se toucha le front de l'index), gravées dans mon esprit. Il faut, pour interpréter tout ça, être versé dans les sciences occultes, les mathématiques ou l'alchimie... Passe-moi la carte, Isabelle!»

Elevant le bout de peau à la hauteur de son visage de façon à ce que nous en distinguions le contenu, il dit: «Regardez attentivement... On distingue la mer, la terre ainsi que le tracé d'une rivière à son embouchure. Il y a un poisson, puis une série de chiffres et des symboles, vous êtes d'accord? Ecoutez: la série de chiffres et les symboles doivent être lus — je dis bien «lus»!, la question étant de savoir dans quel sens. Je vous fais grâce de la subtilité des raisonnements de Jean-Pierre pour vous donner la solution. Il faut lire la carte de droite à gauche: la direction des vagues, la position de la tête du poisson et surtout de la flèche du bas le commandent. Bon, au reste, maintenant. Il a été facile pour Jean-Pierre de le décomposer en *deux* ensembles principaux limités par le cercle aux quatre rayons, et *trois* groupes de symboles. Le petit triangle ne peut être qu'un triangle *rectangle,* comme le corrobore la somme des carrés des chiffres trois et quatre, là, avant la double barre et le cinq que vous voyez sur le plan: car depuis un certain Pythagore et son fameux théorème, on sait que le carré de l'hypoténuse est égal à... est égal à quoi, Raoul?»

L'interpellé sursauta et enchaîna:

«... A la somme des carrés des deux côtés de l'angle droit. Tout le monde sait ça, tonton! précisa-t-il avec un haussement dédaigneux d'épaules.

— Ah, tu crois?... Oui, mais à condition de l'avoir appris et retenu, gros malin! On en déduit donc que trois au carré, soit neuf, plus quatre au carré, soit seize, est égal à cinq au carré, soit vingt-cinq — ou encore: neuf plus seize égal vingt-cinq. *Vingt-cinq* est donc sans conteste le premier nombre de la clé renfermée dans le premier groupe. — Vous me suivez?»

Alix interpréta notre silence comme un assentiment et un encouragement à poursuivre ses explications.

«*M'm,* je continue donc. Au tour du second groupe, à présent, dont la difficulté d'interprétation est nulle. Le dessin du milieu représente, bien sûr, une portion d'un compas nautique dont l'aiguille aimantée indique le nord — voyez le *N*! La tangente, en haut et en pointillé dans le schéma, à pointe plus petite, délimite, elle, une portion d'arc. On aurait pu penser, m'expliqua Jean-Pierre, qu'il s'agissait d'un rhumb — terme de marine qui équivaut à l'une des trente-deux aires de la rose des vents, soit onze degrés vingt-cinq, mais ce n'était pas ça. Mesurée à l'aide d'un compas gradué, cette portion d'arc donna le douzième de trois cent soixante degrés, soit *trente* degrés! Et voilà pour le second groupe... Ces deux chiffres, vingt-cinq et trente, rapprochés du cercle aux rayons — la fontaine et sa sculpture, bien sûr... — nous donnent un élément majeur: en partant de la fontaine tout en maintenant un cap de trente degrés vers le nord-est, on parcourt une distance de vingt-cinq — mais vingt-cinq quoi!?» L'expression tendue, Alix interrogeait la tablée. «*That's the question*!» répondis-je finement tandis que la voix encore enfantine de Raoul s'élevait à mes côtés:

«Mais, tonton, tu nous as dit tout à l'heure avoir parcouru *huit mètres vingt-cinq*! Tu t'es donc trompé...» L'adolescent triomphait.

«Pas du tout, Raoul, mais en tout cas bravo pour l'observation! Pour le moment et si vous le voulez bien, laissons de côté ce nombre vingt-cinq, et attaquons le troisième groupe de symboles et second élément distinct de notre ensemble. Alors, là, c'est pas du chiqué, croyez-moi, les amis! Pour comprendre tout seul ce machin-là, il faut être botaniste, mathématicien, architecte ou tout ce que vous voulez, sauf éleveur ou agriculteur... Car il s'agit d'un nombre quasi magique connu, par les spécialistes des sciences occultes ou non, sous l'appellation de *nombre d'or*. — Non, silence, pas de question! Je ne puis vous en dire plus, sinon qu'il est ma-thé-ma-ti-que-ment établi et que ce nombre mystérieux existe, d'accord? Il est symbolisé par la lettre de l'alphabet grec appelée phi — ceci! (il nous montra le signe Φ), sa valeur est donnée par la formule — toujours ici, sur la gauche... — un plus racine de cinq le tout divisé par deux — là! (il nous montra la fraction $\frac{1+\sqrt{5}}{2}$). Ce qui, après calcul… (Alix retourna la carte pour y consulter un chiffre) donne un total de un virgule six cent dix-huit, qui est le nombre d'or. Le reste est simple. Comme l'indique le plan, il y a deux phi, ou deux fois le nombre d'or, c'est-à-dire trois virgule deux cent trente-six. Mais, de même que précédemment…

— Plus de trois mètres à creuser! l'interrompit Jean-Michel que le maniement de la pioche épouvantait.

— Non, non… Cette histoire se passe à la fin du dix-huitième siècle, à l'époque de Victor Hugues, rappelez-vous, l'homme qui amena la guillotine au Nouveau Monde au contraire de Colomb qui, lui, y amena la croix! Antoine Fuët, l'auteur probable du plan, était un marin… Et si ces gens-là parlaient de *milles* et de *brasses* en mer, il était question de *pieds* à terre! Eh oui, de pieds, et sans jeu de mots…»

Alix s'esclaffait, ravi de notre stupéfaction ou de son érudition, je ne sais.

«Sachant qu'un pied équivaut à trente-trois centimètres, il n'y a qu'à faire l'opération, et le tour est joué! La distance à parcourir à partir de la fontaine cap au nord-est est donc bien de huit mètres vingt-cinq, soit vingt-cinq que multiplie zéro trente-trois, et la profondeur à creuser d'un mètre zéro sept à peu près. Pour en finir avec le plan, les coordonnées du haut sont bien celles de la Civadière — j'ai vérifié, vous pensez —, et vous avez tous reconnu l'embouchure de la Rivière-à-Goyave…»

Et, l'expression modeste d'un homme qui vient d'escalader l'Everest ou de traverser à la nage le canal des Saintes, Alix se tut, faisant du regard le tour de la tablée.

Un instant, nous restâmes silencieux. Le premier, je donnai le signal des applaudissements, et Jean-Michel réclama une nouvelle tournée de champagne pour arroser une si brillante et étonnante démonstration.

Comme tout me paraissait simple, maintenant. Oui, un vrai jeu d'enfant que ce plan... Quel dommage, me dis-je, que le coffre n'eût pas renfermé une centaine voire un millier de moëdes ou de doublons! C'eût été le moment d'emprunter à ce grippe-sous d'Alix la dizaine de millions de centimes dont j'avais besoin pour agrandir mon appartement.

«Alix!...»

A son ton, je compris que Jean-Michel n'était pas satisfait et qu'il allait demander de plus amples explications. «Ton Sigassié n'était ni botaniste, ni prof' de math', ni savant, que je sache? Alors, comment a-t-il fait pour trouver tout ça? Et ne me dis pas que ce sont ses Esprits qui le lui ont soufflé, ou Lucifer...

— Non, les Esprits en seraient bien incapables, les *pôvres*, et Lucifer a bien d'autres chats à fouetter, crois-moi! Que les morts reposent en paix...»

Pour manifester son respect envers les disparus mais aussi pour montrer que la tournée de champagne était terminée, Alix versa sur le sol les quelques gouttes qui restaient dans sa coupe.

«... Tu oublies que Sigassié est un type instruit et que, comme tout bon *cakouè* qui se respecte, il est malin comme deux singes et curieux comme trois chats. Grâce à Jean-Pierre, qui a fait son enquête auprès de ses «frères» franc-maçons, j'ai su que Sigassié avait adhéré à une loge maçonnique, qu'il a étudié la chimie et la botanique à Bordeaux, et qu'il a séjourné plusieurs années à Saint-Domingue. Le plus beau est, à ce qu'il paraît, (et ici, la voix d'Alix se nuança d'affection) que le vieux filou est aussi un kabbaliste de première force, et je ne sais quoi encore...»

Comme tout un chacun s'enfermait dans ses pensées en sirotant son café, tout à coup des cris désespérés nous firent nous retourner: c'était le benjamin d'Alix et d'Isabelle qui, s'étant coincé les doigts dans un tiroir du buffet, manifestait bruyamment son indignation et sa souffrance. Se levant précipitamment, Isabelle l'aida à se libérer et, ayant pris le garçonnet dans ses bras, le berça tout en le morigénant avec amour.

«Phidor, mon petit chéri, combien de fois maman doit-elle te dire de ne pas fouiller ainsi dans les tiroirs des buffets: c'est très mal, tu sais? Ah, *ti-moun!...*»

Mais Phidor, qui était aussi un gamin remuant, ne pouvait supporter de rester sur les genoux de sa maman. S'efforçant de se libérer, brusquement il lança une jambe en avant.

Ce fut la catastrophe.

Atteints par le pied de Phidor, le plateau et son précieux contenu s'envolèrent pour atterrir sur le sol où les tasses d'Antoine Fuët se brisèrent. Une seule, roulant sur elle-même à la façon d'une toupie, resta par miracle intacte.

«Mon Dieu! gémit Isabelle en se pressant la tête des mains, cet enfant va nous ruiner, Alix, je te le dis! Mais où diable l'avons-nous donc été chercher?

— *Chapô calé cé-pa majô...*»* répondit philosophiquement Alix.

---

* *(difficilement traduisible). Les meilleures intentions du monde sont parfois contredites par les faits.*

AILLEURS, UN MONDE…

Elle avait trente-trois ans. Sa peau très blanche luisait comme de l'ivoire. Ses cheveux étaient noirs, lisses et longs. Elle ne sortait plus de sa maison, c'est l'enfant qui faisait les commissions. Elle était arrivée dans l'île il y avait dix ans. L'année d'après, elle accouchait du seul bébé qu'elle n'eut jamais: Théonime... Ninie. Le père, Elécèbre, était un Nèg' de Desbonne. Un propre-à-rien, un vaurien qui traînait dans les lolos et buvait tout l'argent d'une pêche misérable. Il battait femme et enfant. Mais le Bondieu l'a puni car un beau jour sa barque s'est engloutie...

Ce que chuchotaient les voisines aux très rares visiteurs qui s'étonnaient de l'enfant sautillante à la peau couleur miel, aux cheveux d'or et aux étranges yeux verts.

Pitié de l'enfant ou crainte des «pouvoirs» de la maman, les bonnes gens du village de Clugny n'en disaient jamais plus long.

Il était tard: vingt-deux heures, peut-être. La flamme tressautait et léchait les parois de verre obscurcies par la fumée. Fascinée, l'enfant contemplait la mèche qui se consumait, la lueur qui faiblissait, la suie qui formait des traînées.

Encore quelques minutes et, privée d'aliment, la lampe à pétrole s'éteindrait. Alors viendrait la nuit noire, et surgiraient les ombres.

Le cœur de l'enfant se serra: elle avait peur, peur... Elle n'était qu'une petite fille, une gentille petite fille que la nuit effrayait pourtant. Mais pourquoi ne comprenait-*elle* donc pas?

«Elle», sa maman, Eve...

Elle jeta au visage impassible un regard pénétrant: peut-être s'était-elle endormie?

Ninie bougea le bout des doigts: aucune réaction. Alors elle s'enhardit. Avec des précautions infinies, elle fit glisser sa main, doucement, pour se libérer de l'étreinte qui la retenait prisonnière.

Elle pensait réussir quand brusquement les doigts se refermèrent, assurant leur emprise.

«Ninie... Le moment n'est pas encore venu. Attends. — Oh, la lampe...»

Eve se redressa.

«Va chercher le pétrole, veux-tu? Dans la cuisine, sous l'évier. Attends, je te passe la torche.»

Elle lâcha la main de sa fille et farfouilla sous l'oreiller. Ayant trouvé ce qu'elle cherchait, elle tendit la torche électrique à Ninie.

«Va...»

L'enfant obéit en silence.

«Une bonne petite, murmura sa mère avec satisfaction. Que ferais-je sans elle? Ah! si Télia était avec moi...»

Avec un soupir, elle laissa aller sa tête contre l'oreiller. Sa sœur avait promis de l'aider. Elle avait tenu parole puisqu'elle envoyait de l'argent et écrivait de temps en temps. Pourtant, ce n'était pas suffisant: qui s'occuperait de Ninie quand elle ne serait plus là?

Des deux mains, elle pressa son cœur: il battait toujours. Un battement sourd et profond.

«Voilà maman, c'est fait.»

Elle sourit à Ninie. L'enfant avait versé le pétrole sans en faire tomber une goutte. Elle avait haussé la mèche aussi. La flamme brillait, vigoureuse, réconfortante.

«Ninie, je vais te raconter… Voyons?… Ah! comment j'ai réussi à persuader mon amie Martine de ne pas suivre cet homme — le Fielleux qu'on l'appelait. Oh, le Fielleux savait manier les mots…»

Ninie retint un soupir et s'agenouilla auprès du lit. Elle tendit sa main, que sa mère emprisonna dans la sienne. Encore une nouvelle histoire: mais comment sa maman avait fait pour vivre tant de choses extraordinaires? Sa vie à elle était toujours pareille: l'école, le ménage, les courses, et les jeux solitaires…

Six mois déjà. Elle s'était habituée. A huit heures, sa maman soupait puis elle gagnait sa chambre. Assise devant son miroir, la flamme de la lampe dansotant sur la surface polie, elle se brossait longuement les cheveux. Puis elle enfilait sa chemise de nuit — la blanche, avec des broderies aux manches — et se glissait au lit.

«Ninie! Viens, ma chérie. Assieds-toi là, et écoute-moi. Ce soir, ta maman va te quitter… C'est ainsi, il ne faut pas t'attrister. Voilà ce que tu vas faire. Demain, après ta prière, tu te laveras, tu avaleras ton petit déjeuner. Puis tu iras droit trouver monsieur le curé. Tu lui diras ceci: ma maman est montée au ciel avec les Anges…»

Soir après soir, luttant contre la fatigue qui alourdissait ses paupières, elle prêtait l'oreille. Et sa maman parlait, parlait… Au bout de ce qui paraissait à Ninie une éternité de temps, la voix devenait grave avec des intonations étrangères. Des silences plus ou moins longs entrecoupaient ses récits. Puis sa main devenait molle, et c'était fini.

«Tu peux aller te coucher, ma chérie. Ta maman restera avec toi cette nuit encore. Demain…»

Elle ne finissait pas sa phrase, mais Ninie avait compris. Elle se levait, ses genoux étaient ankylosés. Eve lui caressait les cheveux, elle lui donnait un baiser. Puis Ninie soufflait la lampe et se glissait hors de la chambre. Les maringouins bourdonnaient à ses oreilles. Dans son lit, le drap remonté jusqu'au menton, elle frissonnait: les Ombres la guettaient, là, tapies dans la pénombre.

Sa poupée dans ses bras, elle fermait très fort les yeux. Elle attendait en retenant sa respiration. Un souffle tiède l'effleurait. Ses muscles se relâchaient, sa bouche s'entrouvrait: le sommeil la surprenait. Elle dormait d'un trait jusqu'au matin.

Un soir, elle lui posa une question.

«M'man… Pourquoi tu crois que tu vas mourir? La maîtresse dit que tu es en parfaite santé et que…

— Que lui as-tu raconté!? Je t'interdis…

— Rien, m'man. J'ai dit que tu allais mourir et que je n'irai plus à l'école.

— Mais non, ma chérie. Tante Télia s'occupera de toi: bien sûr que tu iras à l'école! Et maman veillera sur toi du haut du Ciel. — Allons, tais-toi, et ne m'interrompt plus, veux-tu?»

Nini se tut dorénavant.

Elle avait dix ans et comprenait parfaitement: sa mère était différente des autres mamans. Dans le village, tout le monde le savait: elle avait surpris des bouts de conversations, et, à son passage, les dames hochaient la tête dans sa direction.

Elle n'avait pas d'amis; les autres enfants, les petites filles surtout, se faisaient rudoyer et même battre quand ils étaient surpris à jouer avec elle. A l'école, la maîtresse la traitait avec indifférence mais sans rudesse: elle connaissait toujours ses leçons. Après le catéchisme, monsieur le curé la complimentait et la retenait un moment. Il lui donnait des bonbons qu'elle acceptait en souriant. Il lui parlait d'une voix douce, il lui demandait des nouvelles de sa maman. Son insistance et sa bonté l'effrayaient; elle répondait par oui ou par non à ses questions. Très vite, elle s'éloignait en sautillant.

«Pauvre, pauvre enfant...» murmurait le Père pour lui seul en la suivant d'un regard empli de compassion.

Il se disait que, quoique la bonté de Dieu soit infinie et Sa puissance aussi, le monde était parfois bien injuste et méchant. Mais n'était-ce pas parce que les hommes se détournaient de leur Créateur? Un jour pourtant, tous se retrouveraient nus devant Lui... En attendant, se disait le Père en guise de conclusion, cette pauvre enfant et sa malheureuse mère devront endurer le prix de la haine, et celui du sang.

*   *

Le Père Debreuil était un bel homme de trente-six ans. Par sa mère, il était un Indien pur sang. Son père, un mulâtre d'une bonne famille de Capesterre gros consommateur de chair, lui avait fait un lot de six enfants. Il en était le second. Depuis sa tendre enfance, il aimait Dieu. Garçon pieux, puis jeune homme chaste et studieux, il était entré au séminaire. Le temps venu, il fut ordonné prêtre; Mgr l'évêque l'envoya étudier à Rome. Son intelligence, sa constitution robuste, sa dévotion et sa force de conviction le désignaient pour être un jour, dans ce pays de l'outre-mer, l'un des meilleurs serviteurs de Pierre. Car en dépit de leur soleil et de la mer, les îles charmeuses étaient, hélas, dans les mains du Malin. Plus qu'ailleurs, on y adorait le Veau d'or: l'amour de l'argent, le stupre et la dépravation, la politique «noire» et les pratiques de sorcellerie y étaient monnaie courante. Pour maintenir ces brebis dans le droit chemin, celui de Notre Sainte Mère l'Eglise, outre un grand détachement aux biens de ce monde, il y fallait une poigne de fer. Une bien dure tâche. Et Georges Debreuil avait tout du bon pasteur, du meneur d'hommes...

Il ne déçut pas ses supérieurs.

Rome, où il séjourna six belles années, fit du métis à l'esprit provincial un prêtre capable, un diplomate polyglotte à l'esprit ouvert — un homme de culture et de caractère. Quand il retourna enfin dans son île, il était nommé à l'évêché de Basse-Terre; et tous ceux des Pères qui l'approchaient pensaient: le Père Debreuil est promis à un grand destin.

Mais que se passa-t-il, un jour, dans le cœur et dans l'esprit de Georges Debreuil? Nul ne peut le dire. Il se démit de ses fonctions et demanda comme une faveur de bénéficier d'une cure dans un petit village. Ses pairs crièrent à la trahison; beaucoup murmurèrent qu'il avait perdu la foi, que la bassesse de ses semblables l'avait découragé, que ses dons s'étaient estompés, et que son sang s'était réveillé. Pensez donc! un descendant d'Hindou... L'évêque le sermonna en fils très affectionné; sa mère et ses sœurs, ses confrères et tous ses amis lui firent des remontrances: le Saint-Père, l'Eglise et son troupeau comptaient sur lui. Tout ceci en vain: Georges Debreuil, modeste mais décidé, n'en démordit pas. Subodorant un mystère par trop humain, l'évêque exigea de l'entendre en confession. Ce qui fut dit est aussi un mystère; mais quelques semaines plus tard, le Père Debreuil quittait Basse-Terre et les ors de l'Evêché pour emménager dans la cure laissée vacante de Clugny, au bord de la mer Caraïbe.

Clugny… Un paisible village d'environ deux mille âmes; des métis en majorité, quelques Noirs authentiques et une demi-douzaine de familles de Blancs-pays — la plupart gens de peu de biens mais propriétaires farouches ou en passe de l'être. Une église et son clocher constituent le cœur de la communauté. L'économie des lieux est celle, traditionnelle, de la pêche au casier et à la traîne, du petit commerce, du café, des épices et du cacao des hauts. Non loin de l'église, on y voit une école des filles et une autre réservée aux garçons. Le tout est placé sous l'égide bon enfant d'une édilité communiste quoique catholique reconnue et ce, de père en fils depuis trois générations. Depuis l'avant-guerre, Clugny avait son curé, un Blanc très vieux et très sage venu de la mère-patrie. Il officiait le dimanche, et préparait convenablement les communiants et les mourants. A sa mort, il n'eut point de remplaçant, les effectifs de l'Eglise le lui interdisant.

S'installer, à quelques pas de la grève, dans une maisonnette ouverte à tous vents mais accueillante et proprette; lier connaissance avec ses paroissiens, tous ceux qui voulaient bien, hommes, femmes et enfants; discuter, palabrer, écouter, conseiller; dire la messe et adapter ses sermons aux âmes modestes mais pécheresses; accomplir ses dévotions, ses macérations; soigner les cœurs malades, soulager les troubles des femmes, faire le catéchisme aux enfants; se montrer tour à tour sévère ou indulgent; se lever au milieu de la nuit pour se rendre au chevet d'un agonisant, et administrer l'extrême-onction; rendre compte à l'Evêque du spirituel et du matériel…

S'occuper sans cesse, être toujours disponible et d'humeur égale — la vie apostolique d'un homme de Dieu, dans une communauté perdue de la Côte Sous-le-Vent.

Les semaines s'écoulèrent, et le Père Debreuil se surprit à trois choses: il avait retrouvé la paix de l'âme, il s'attachait à ce petit coin de l'île, et il aimait ce gentil peuple de la mer et du vent. C'étaient des sentiments très doux, nés de son tréfonds. Peut-être était-ce la brise fraîche du soir, le souffle de l'Eternel? Peut-être était-ce la noble misère des matrones, le langage et les manières simples des hommes et leur dur labeur de pêcheur — ou bien tout simplement la jeunesse éclatante des jeunes enfants, leurs rires et leurs jeux charmants?

En analyser les causes est perte de temps.

Pendant pas loin d'une année, pour le Père dont la sainte âme baignait dans ces éléments, les choses allèrent leur train tranquille. Lorsque, tout d'un coup, par la faute d'une promenade, la barque en laquelle son esprit naviguait chavira.

*   *

C'était un jeudi. Il avait projeté de visiter le lointain hameau de Ti-Baume où résidaient une vingtaine de ses paroissiens. Des gens plutôt bizarres (à ce qu'on disait) et âgés qui jamais ne se rendaient au village. Au petit-déjeuner, Euzélie, sa gouvernante, crut de son devoir d'attirer son attention sur le fait que les habitants de Ti-Baume ne méritaient pas cette peine. «Ce sont des malfaisants, précisa-t-elle en grognant car le Père se montrait sceptique. Là-bas, il n'y a rien que des vieilles femmes, de vrais démones…

— Pourquoi dites-vous cela, ma bonne?»

L'affectueux reproche dans la voix déplut à Euzélie qui, en tant que vieille habitante de céans, «savait».

«Parce que!…» fut la réponse ronchonne et laconique.»

Le Père haussa les épaules et plia sa serviette: signe que l'entretien était clos.

«Ces gens ne sont pas fréquentables, mon Père, insista Euzélie. Ah! si vous saviez…»

Le Père soupira: il n'y échapperait pas.

«Si je savais — quoi?»

Euzélie se signa à la sauvette.

«Ici, tout le monde sait, tout le monde y est mêlé. Au contraire de ce que vous croyez, les gens de ce village n'ont pas les mains propres, mon Père.»

Le Père réprima un soupir: médisance et ragots, l'épice magique sans laquelle il n'est point sous ces climats de liens affectueux, il connaissait. Mieux valait en finir une fois pour toutes.

«Euzélie, vous vous montrez sibylline: je n'aime pas ça. Pourquoi dites-vous que les gens Clugny n'ont pas les mains propres? Ils vous ont fait du mal?

— Ils s'adonnent à de bien mauvaises pratiques…» A l'expression qu'adopta la gouvernante, une matrone très noire et très grosse, le Père manqua éclater de rire: elle roulait les yeux, sa lèvre inférieure tremblait et les ailes de son nez semblaient sur le point de prendre leur envol.

«… Et à Ti-Baume, il s'est passé de ces choses! Tout ça n'est pas chrétien, Père: je vous jure. Cependant, je dois me taire: c'est là de trop terribles secrets!»

Le Père avait fini son café. Il se leva, s'épousseta et saisit sa sacoche. Adressant un sourire candide à Euzélie, sans un mot de plus il s'en fut.

La gouvernante fixa la porte: elle avait l'air déçu. Levant les yeux sur le Crucifix, elle fit une nouvelle fois un signe de croix. Le bon Père, se dit-elle en haussant les épaules et en se retenant de faire «kuip», s'en allait au-devant de bien des ennuis.

Au bout d'un kilomètre, le Père avait oublié les sous-entendus de sa gouvernante. Il marcha d'un si bon pas qu'il atteignit Ti-Baume plus vite que prévu. «C't'à environ une heure et un p'tit tac de marche, avait mâchonné le vieux Pétion à qui il avait demandé son chemin. Qu'allez-vous y faire, en c'lieu de misères? Y-a là que des vieillardes, des commères stupides et méchantes. De la très mauvaise graine de femmes. Une engeance pas catholique, mon père: croyez-en la parole d'un bon chrétien et d'un vieux boug' de mer. Ces vieilles garces, c't'un panier d'crab'ciriques et d'oursins noirs: rien que des mordants et des piquants tout plein...»

Accrochées au dos du morne, les cases de Ti-Baume étaient bordées de jardinets fleuris où poussaient des roses de Chine de toutes couleurs mais aussi des légumes verts. Les chiens aboyèrent leur fureur (peut-être n'avaient-ils jamais vu une soutane), des vieilles sortirent en hâte sur leur seuil pour vérifier qui était l'intrus. Le Père leur souhaita le bonjour d'une voix aimable. Il lui fut répondu sur le même ton. Il s'enhardit, engagea la conversation.

Cependant, aucune des vieilles ne l'invita à entrer dans leur demeure.

Puis il fureta entre les cases. Plusieurs avaient portes et fenêtres closes. Il s'étonnait de l'absence d'enfants et d'adultes d'âge raisonnable, quand une fillette, huit ans peut-être, jaillit de sous une véranda. En l'apercevant, elle resta coite. Le Père s'approcha.

«Comment t'appelles-tu?

— Ninie.

— Où habites tu?

— Là…» fit l'enfant en tendant le bras.

Le Père s'étonnait en lui-même: cette fillette aux cheveux d'or et aux yeux verts n'avait rien du physique habituel des gens d'ici.

«Puis-je parler à ton papa?… A ta maman?»

L'enfant hésita.

«Mon papa est parti. Ma maman…

— Qu'y a-t-il, Ninie, fit un voix fatiguée qui venait de l'intérieur. A qui parles-tu?»

L'accent ne pouvait tromper: le propriétaire de la voix était métropolitaine — ou alors quelqu'un qui avait longtemps habité la France.

Le Père s'avança, hésita, et entra. Au centre d'une pièce sobrement meublée et décorée de gravures de modes et de marines naïves, une femme, encore jeune, les yeux immenses et noirs, sa longue chevelure peignée lui retombant en flot équin sur la poitrine, était assise dans une berceuse. Un livre ouvert sur ses genoux, elle fixait le visiteur d'un regard de voyante.

D'un geste gracieux, elle lui fit signe de s'asseoir en face d'elle.

Quoique étonné et même un peu désorienté par cet accueil inhabituel, le Père obtempéra. Les mains posées à plat sur ses genoux, l'expression aimable, il lui rendit son examen. L'enfant jouait et chantonnait dans la ruelle, les chiens s'étaient tus. Il faisait chaud et le Père transpirait.

C'était effectivement une métropolitaine, une Blanche. Elle avait dû être très belle. Ses mains et ses bras, le bas de ses jambes et le dessus de ses pieds (elle ne portait pas de chaussures), son cou et la naissance de ses seins étaient d'une couleur laiteuse, presque maladive. Cependant, phénomène que le Père jugeait curieux, la peau de son visage s'était parcheminée comme si le soleil l'avait frappée des jours et des jours jusqu'à la dessécher ainsi qu'une feuille de latanier.

«Vous êtes le nouveau curé de Clugny, n'est-ce pas? On me l'a dit. C'est la Providence qui vous envoie: à part ma petite fille, j'avais tant envie d'entendre la voix de quelqu'un de *différent*, de quelqu'un de *vivant*...»

Une semaine sur deux, puis bientôt chaque samedi après-midi, comme mû par une force irrépressible le Père empruntait le chemin du hameau Ti-Baume. Il adressait quelques mots à l'enfant qui courait à sa rencontre, grondait les chiens qui grognaient et montraient encore les dents à son approche, bavardait quelques instants avec les vieilles qui jardinaient et poussait enfin la barrière de bois de la maisonnette. La porte était ouverte. Il entrait et, sans façon, s'asseyait en compagnie d'Eve dans la pièce fraîche qui lui tenait lieu de salon. Une cruche en terre et un verre étaient posés sur un guéridon. Il se désaltérait tout en s'épongeant le front. Puis ils parlaient jusqu'à la brune.

Au fil des jours et à l'issue de leurs conversations, le Père s'était forgé une opinion.

Cette jeune femme, Eve, était une âme exceptionnelle qui souffrait, écrasée de misère et de solitude, en proie au mal qui la minait. Parler la soulageait. Le regard interrogeant le pauvre visage flétri en lequel les yeux tour à tour étincelaient ou, sous le poids d'un souvenir désagréable, s'éteignaient, il écoutait ses confidences qu'elle émaillait de réflexions bizarres et de petits cris amusants. Son cœur de prêtre et de chrétien s'émouvait de pitié fraternelle, car il ressentait tout le poids de son impuissance, tandis que son esprit s'affligeait ou s'émerveillait d'un mystère qui, d'une visite à l'autre, s'éclaircissait cependant.

Elle était d'Hossegor, dans les Landes. Fille unique d'un couple de modestes épiciers, elle aimait les livres et l'étude. Dans sa chambre d'adolescente sage, elle rêvait de médecine, d'avocature ou bien de haut fonctionnariat dans un poste au-delà les mers... Ses parents étaient très, mais vraiment très fiers de leur fille dont le palmarès scolaire était, à leurs yeux de simples certifiés de niveau primaire, d'une brillance qui méritait tous les sacrifices possibles et nécessaires. Son baccalauréat en poche, à dix-huit ans elle «montait» à Bordeaux pour y étudier le droit. Son univers s'étoffait. Disposant d'une voiture et d'un deux-pièces Cours de la Marne, cadeaux de ses parents, et d'un compte en banque régulièrement alimenté, elle allait et venait à sa guise, courait les cinémas le samedi ou l'opéra en saison. En compagnie de jeunes gens rieurs qui pillaient sans vergogne son réfrigérateur et qui s'entassaient à quatre ou cinq dans sa voiture — ce qui n'était pas pour lui déplaire car jouer les amphitryons la grisait —, elle fréquentait le bar de l'Intendance, lieu de ralliement des étudiants huppés, et bientôt connut tous les restaurants en vogue.

Elle débutait sa seconde année de licence, quand Sylvaine, sa meilleure copine d'alors, lui présentait un groupe d'Antillais qu'au premier abord elle jugea quelconque et même un peu vulgaire. L'un d'eux, cependant, était différent. La peau couleur d'ambre, de taille moyenne mais bien bâti, il était courtois, très gentil, et son sourire était charmeur. Ses manières étaient celles d'un grand seigneur, et ses origines solaires; car Elécèbre Apolonus, fils aîné du maire d'un village du bord de la mer Caraïbe, comme il lui apprit de sa voix enveloppante, était né à l'île d'Emeraude. Un garçon étonnant et brillant qui faisait sa médecine. S'il chantait d'une voix rauque son accent, si son rire était quelquefois tonitruant, son charme était fou, fou...

Ils s'aimèrent, s'adorèrent huit mois durant, et, l'année finissant, ils se prirent mutuellement pour époux. Le mariage se fit en toute discrétion, Elécèbre ayant exigé qu'il en fût ainsi.

Les deux ans qui suivirent furent une façon de ballet en lequel le couple, qui habitait l'appartement d'Eve pour réduire leurs frais, ne fit point de faux pas. Non seulement Eve se découvrit des goûts pour la cuisine et les mœurs créoles, mais elle apprit le parler créole qu'elle pratiquait, lors des soirées entre «pays», de façon savoureuse. Ils passèrent leurs diplômes, et vint l'heure du choix. Elécèbre songeait à s'installer à Bordeaux; mais c'était sans compter sur l'auteur de ses jours qui, d'aussi loin qu'il était, veillait au grain. Un matin de juin, un télégramme dépourvu d'ambiguïté tomba qui exigeait le retour immédiat du fils aîné en son île natale.

Tout grand disciple d'Esculape qu'il était sûr de devenir, Elécèbre ne disposait alors, pour tout bien et fortune, que de la provende paternelle. Vivre aux crochets de sa femme lui était insupportable; et quant à l'oukase de M. le maire son père, l'ignorer était impensable. Enfin, en fils authentique de la mer et du soleil, il ne tenait nullement à se couper de ses racines ni à se muer pour toujours en «négropolitain» — en immigré de l'intérieur. Mais obtempérer créerait un grave problème. Car, heureux mais bien trop discret, le marié-depuispeu avait omis rien qu'une petite formalité: d'annoncer, là-bas dans son île au soleil, l'événement — qu'il avait pris pour épouse, en toute laïcité il est vrai, et cela sans permission aucune, une fille d'Hossegor, une femme à la peau blanche.

Un dilemme s'ensuivit qu'Elécèbre résolut à la manière typiquement antillaise: le fait accompli coupe à tout pourvu qu'on ait la foi et le bon droit pour soi. Qui plus est, n'aurait-il pas bientôt trente ans et n'était-il pas médecin?

Eve, ignorante du problème que poserait sa présence aux côtés d'Elécèbre, s'apprêta à passer la mer. Certes, des amis charitables lui avaient gentiment glissé à l'oreille qu'aux Antilles, un couple «domino», ça fait tache, ça n'est pas reçu partout et ça n'est pas toujours facile à vivre... surtout dans un milieu de gens modestes! Mais il est de certaines paroles comme le vent: il fait trembler les maisons et frissonner les feuilles un moment, puis il se meurt et de son passage il ne reste qu'un vague souvenir.

Au mois de septembre, le couple prit l'avion. Leur arrivée en l'île d'Emeraude, le choc de la surprise d'une Eve énamourée et épanouie aux bras de son époux, et pour finir le scandale du mariage secret d'Elécèbre avec une femme blanche enfin dévoilé — tout ceci déclencha, dans les familles du petit village de la Côte Sous-le-Vent, une mini-révolution. Quoi, se plaignit-on derrière les volets clos, ce fils très-chéri, ce garçon promis aux plus hautes destinées dont les études avaient coûté tant d'efforts et de sacrifices, l'héritier d'un nom respecté, d'une édilité de toujours, d'un compte en banque bien garni, de plusieurs cases en dur, de trois boutiques à épices et de vingt hectares de bonnes terres — ce fils-là avait osé épouser en catimini une *étrangère*, une fille de rien, une sans-le-sou et métropolitaine de surcroît!...

La rage et l'impuissance puis le désespoir le plus noir manquèrent étouffer et les pauvres parents, victimes d'un rejeton dénaturé, et nombre d'hommes, de jeunes filles et surtout de dames de Clugny qui attendaient, le cœur gonflé du plus pur espoir, le retour du fils aîné de leur bon maire — Thorez Marie-Joseph Athanase Apolonus. Les filles-à-marier, bichonnées comme des pouliches de race et nourries au meilleur pâté de poisson telles des coqs de combat, et ce, depuis le temps de leur enfance, se griffèrent le visage et se laissèrent friser les cheveux de dépit. Dessus leurs canaris et leurs faitouts, leurs mères crièrent à la trahison, glapissant au crime impertinent. Assoiffées de vengeance, ces matrones en colère et en haïssance profonde souhaitèrent à la «putain blanche» les pires vicissitudes, appelant sur sa tête et celle de ses futurs enfants les plus horribles malheurs du Ciel et de l'Enfer.

Cependant, Eve, qui ne se doutait toujours pas de la tempête que son mariage inopiné avait provoquée en ces lieux d'apparence si paisibles, et qui s'indigénisait déjà, jouait à l'abeille butineuse. Lorsque le soleil s'accroupissait à l'horizon de l'ouest et que la brise tournait, elle se douchait et s'apprêtait. Vêtue d'une robe à fleurs agrémentée d'un ruban à la taille, un chapeau de paille posé sur son abondante chevelure, maquillée avec goût et discrètement parfumée, elle se rendait, silhouette charmante et aérienne, à des visites présumées fort attendues. Partout où elle frappait, il est vrai, elle était reçue et fêtée avec le sourire de la timidité ravie. Ses hôtesses s'extasiaient et s'ébaubissaient, les jeunes filles poussaient des cris de bonheur et leurs mères montraient tout le contentement que leur procurait sa présence. Elle bavardait avec entrain, elle parlait de son Elécèbre — le grand médecin, déjà!... — avec admiration et amour, elle acceptait le délicieux chocolat chaud que lui offraient les mamans tout en croquant — la malheureuse! — des gâteaux maison. Un peu plus tard, mise en confiance, elle caressait les enfantines têtes crépues ou chabines, elle discutait avec les demoiselles plus âgées de sujets sérieux. Puis l'heure étant venue de prendre congé, elle échangeait force compliments et embrassades avec ces dames du bourg, commères rieuses à la poitrine vaste et tressautante, ravies d'une prochaine visite qui honorerait grandement leur modeste demeure.

Cependant, à son égard, sa belle-famille était beaucoup plus réservée. Pourquoi cette attitude, s'interrogeait-elle parfois; serait-ce de la jalousie, de la gêne, ou encore de l'envie? Mais elle ne s'y attardait point, se disant que les Apolonus finiraient bien par s'habituer à elle, à ses origines différentes et à sa présence parmi eux. D'ailleurs, n'était-elle point leur bru, une jeune femme toujours souriante, polie et attentionnée? Ne faisait-elle pas honneur à son mari, et à eux-mêmes ses beaux-parents, par sa tenue, son sens social et le soin qu'elle prenait de son ménage? Car pour Eve, qui s'était éprise de ce lieu, de ces gens, de la mer si bleue et de la senteur légère des tamariniers, elle que son mari adorait et qui allait bientôt avoir son premier bébé, tout était à la fois très simple et si merveilleux.

Les symptômes l'atteignirent à son cinquième mois de grossesse. Cela commença par des lourdeurs dans la tête et des vomissements impromptus; puis il y eut des éruptions cutanées et de brusques mais courtes pertes de conscience.

«Normal, diagnostiqua le médecin et mari. Chez les primi-pares c'est quelquefois ainsi…»

Quatre mois durant, elle vécut partagée entre l'angoisse et des douleurs du dos ou de l'estomac que d'aucuns se figu-raient peut-être (pensait-elle) imaginaires. Petit à petit, elle négligea sa tenue et de s'occuper de son intérieur; une grande partie de la journée, elle gardait la chambre. La réserve de ses beaux-parents se mua alors en froide politesse. Son mari s'ab-sentant plus que de raison et, parce qu'il rentrait tard le soir, ne l'approchant plus, la fatigue mortelle qui l'avait envahie l'empêcha d'y prêter attention. Enfin Ninie vint au monde, ce fut une vraie délivrance. L'enfant avait une peau couleur miel, des cheveux d'or, une bouche en bouton de rose et des yeux d'un indigo sublime. Sa vivacité, ses gazouillis et ses regards d'amour absolu ensorcelèrent Elécèbre qui cessa de courir de droite et de gauche pour rester avec sa fille. Eve l'adora, elle recouvra de nouvelles forces et s'intéressa de nouveau à son corps.

Celui-ci n'était pas beau à voir: elle avait perdu ses cou-leurs, et sa maigreur la rendait pitoyable. Ses seins étaient flasques, ce qui la désola car de tout temps elle avait été fière de leur galbe. Ses bras et ses jambes étaient couverts de tâches bleuâtres, et la chair moulait son ventre de plis déplai-sants. Mais le pire était son visage en lequel, quand elle eut le courage de se contempler dans son miroir, elle eût cru celui d'une étrangère si ce n'étaient ses yeux qui, eux, n'avaient pas changé: sa texture s'était altérée, l'épiderme flétri, brûlé en profondeur et parcouru de quantité de fines rides comme ceux des cancéreux trop longtemps exposés aux rayons X… Le choc qu'elle en ressentit fut tel que, huit jours durant, l'on craignit pour sa vie. Puis sa jeunesse reprit le dessus, elle bannit de sa chambre les miroirs, et les rires de Ninie lui donnèrent un semblant d'oubli et de gaieté.

Cependant, maintes dames du village s'étaient dérangées pour s'enquérir de sa santé; elles repartirent rassurées, mais Eve ne se montra pas. Ses beaux-parents évitaient son regard et sa présence, et bientôt ils parlèrent d'engager une nounou pour s'occuper de leur petite-fille. Eve regimba et, à la stupeur de M. et de Mme Apolonus ainsi qu'à celle d'Elécèbre, leur déclara un beau matin qu'elle avait décidé de se rendre en France avec Ninie pour que ses parents fissent sa connaissance. Elle ajouta qu'elle leur avait écrit dans ce sens et, quoique elle n'eût pas encore reçu de réponse à son courrier, elle commençait ses préparatifs de départ. Elle ne s'absenterait, précisa-t-elle, guère plus d'un ou deux mois.

Elécèbre fit son possible pour la raisonner et tenter de la dissuader de voyager en son état actuel de mauvaise santé, mais elle tint bon. Personne ne lui déniant le droit de prendre l'avion, elle demanda à son mari de lui réserver une place dans le vol de Paris du jeudi suivant.

Las! le surlendemain de cette discussion, avec les nausées et les vomissements, la fièvre la clouait au lit. Tout son corps tremblait et elle claquait des dents. Qui plus est, elle était sujette à d'abondantes pertes de sang. Elle s'épuisait le jour, la nuit elle délirait. Enfin, détails inquiétants, ses veines gonflaient et son teint tournait au jaune citron.

Son époux, qui se demandait quel sort contraire s'acharnait sur lui en la personne de sa malheureuse femme et qui en avait par-dessus la tête de tout ce fourbi, la soumit à un examen complet. Persuadé qu'elle avait la malaria, il la traita en conséquence. La semaine d'après, la fièvre la quitta et elle put s'alimenter un peu: l'air du large allié aux œufs d'oursins citronnés devraient, d'après le médecin, parachever sa guéri-son.

Sur ces entrefaites, Mme Apolonus engagea une jeune et vigoureuse métisse qui reçut pour mission de se dévouer à Ninie; Eve, à qui manquaient la force et le goût de s'occuper de sa fille, ne protesta pas. Elle ne parlait plus de voyage ni de sorties, et passait son temps à lire et surtout à somnoler. Allongée dans un transat, un parasol de plage la protégeant du soleil trop cru, face à la mer qui la berçait, une pile de revues à sa portée, elle oubliait et le temps qui passait et le lieu où elle se trouvait. Malade docile, elle ne demandait qu'une chose: qu'on lui fiche la paix.

Cependant dans le village, la joie et l'entrain étaient réap-parus; on organisait des fêtes le samedi, les jeunes filles se défrisaient les cheveux au fer et se râpaient la peau d'éponges écrues. Elécèbre était au centre de toutes les conversations. Les mères des familles les plus en vue s'apprêtaient pour le futur, et ces dames discutaient entre elles de qui serait la légi-time et qui la maîtresse en titre — car l'enveuvage du méde-cin était désormais tenu pour certain. Ici et là, on se chuchotait le nom de ses bonnes fortunes, on l'épiait, on s'ébaubissait de son art, de son élégance, de ses succès; on s'extasiait sur ses larges épaules et sa taille fine, volontiers on dénombrait ses bâtards supposés et ceux à venir. Quant à sa femme, la putain blanche, encore quelques jours, trois ou quatre semaines tout au plus, et l'affaire serait réglée à la satisfaction quasi générale.

Restait l'enfant, Ninie, la petite chabine. Elle était si mignonne, et son papa l'adorait tant!... A vrai dire, dans une île où les filles mères changent de «mari» au fur et à mesure des nouvelles naissances, et les hommes d'«épouses» et de progéniture, Ninie ne posait pas problème. On l'éduquerait à l'antillaise, elle s'attacherait à sa nouvelle maman, et, plus tard, on la mettrait chez les Sœurs de Basse-Terre.

Cette joie du village était toutefois prématurée. Un samedi de mai, sur son âne joliment bâté, une matrone du lointain hameau de Ti-Baume, raide assise dans sa robe empesée, vint visiter madame le maire. Elle s'appelait Man-Tune. Doyenne du hameau dont ceux ou celles qui y avaient affaire ne s'approchaient qu'avec crainte et respect, il y avait douze ans qu'elle n'était pas descendue jusqu'à Clugny. Son passage, très remarqué, provoqua l'inquiétude dans bien des foyers.

L'entrevue fut courte mais mémorable.

Sans s'embarrasser de formes, Man-Tune réclama roidement à son hôtesse soixante mille francs d'arriérés, en son nom et à celui de ses congénères de Ti-Baume; solde, prétendit-elle, de services rendus à la communauté des dames de Clugny qui regimbaient à honorer les engagements pris au nom de leur édilité.

C'était une somme énorme.

La mairesse, une personne enveloppée au visage chevalin et au sang-froid légendaire, crut étouffer de rage contenue. Comment, s'indigna-t-elle, une vieille folle de sa sorte osait-elle franchir ainsi, au vu et au su de tout Clugny, son seuil? Quel toupet! Oubliait-elle sa position sociale et de qui elle était l'épouse? Elle n'avait rien demandé à quiconque — surtout pas à une vieille sorcière de Ti-Baume!

La voix cassée, sans s'émouvoir la vieillarde à la peau couleur sapotille psalmodia sa litanie. Elle regrettait d'avoir à la contredire, mais Ti-Baume avait bel et bien été contacté avec son consentement sinon à sa demande à elle, dame Athé-

naïse Apolonus. Les observances rituelles avaient été respec-
tées, on n'avait rien négligé. Les deux chiens égorgés — leur
sang encore chaud, mêlé à la peau de crapeau-ladre, aux écou-
lements intimes de l'Engagée et au suc des plantes spéciales,
avait été «chargé» puis finement pilé au mortier: le filtre ter-
minal avait été confié au vieil homme de la fabrique qui
l'avait remis en bonnes mains. De leur côté, au mitan d'un
quatre-chemins, une nuit de lune noire, à l'heure la plus obscure les Amarreuses avaient empli leur office et amarré le *loa*
de l'intéressée... Le résultat était là; et elle, Man-Tune,
doyenne du hameau, mettait quiconque au défi de la contredire.

Devait-elle, conclut la vieille sans élever le ton, s'adresser
au maire en personne ou à son fils Elécèbre pour que Ti-
Baume recouvre le solde de sa créance?

La mairesse, qui n'avait garde de montrer que son cœur
était sur le point de se fendre en deux tant son débit était
désordonné, changea aussitôt d'attitude et se fit tout miel.
L'édilité, jura-t-elle encore mais sans agressivité aucune,
n'avait strictement rien à faire avec toute cette histoire. Elle-
même était la victime d'une cabale diabolique. Mais étant
donné ses responsabilités et le fait qu'elle ne pouvait se justifier, elle était disposée à payer la somme réclamée. Toutefois,
un délai lui était nécessaire pour réunir les fonds: six mois,
avança-t-elle avec espoir, seraient suffisants.

Man-Tune, imperturbable, rappela à son hôtesse les
devoirs de ceux qui avaient recours au savoir et aux pratiques
ancestrales de Ti-Baume. Elle se leva, arrangea les plis de sa
jupe d'un geste ample, et, d'un ton qui n'admettait aucune
discussion, accorda à son obligée deux mois pour se libérer de
sa dette.

L'entretien était terminé.

La vieille s'apprêtait à prendre congé quand un bruit de porte brutalement ouverte la fit se retourner: Eve, spectre venu d'un autre monde, était devant elle. Elle tenait Ninie (qui avait alors quatorze mois) par la main, l'enfant faisait ses premiers pas.

Le visage habituellement si placide de Man-Tune revêtit l'expression d'une intense surprise: personne ne lui avait dit que la mère était de race *blanche* et qu'elle avait une enfant aussi jolie… Elle se laissa tomber dans un fauteuil, toute roide et silencieuse.

«… Mon Père, je vais vous dire ce qui se passa ensuite. Lâchant ma main, Ninie se précipita dans les bras de la vieille et, lui enserrant le cou de ses petits bras, l'embrassa sur les deux joues. Croyez-moi ou pas, Man-Tune serra Ninie contre sa poitrine, lui rendit ses baisers tandis qu'une grosse larme jaillissait de sa paupière rougie et s'écoulait sur sa joue flétrie. Il fallait la voir, ma chère belle-mère! Pas un mot ni un geste, on eût dit une statue. Tout le reste se déroula comme dans un rêve… Man-Tune se mit debout, saisit Ninie par une main et moi de l'autre, et, nous entraînant, se dirigea vers la porte. Belle-maman, le visage couleur cendre, le regard d'une chienne blessée, leva le bras et retint Man-Tune par la manche. La vieille s'arrêta et la fixa. Alors… Alors… Son expression! Ses yeux se changèrent en deux morceaux de braise, ses lèvres se durcirent, et sa main devint aussi froide que de la glace. Se libérant, elle toucha le front de ma belle-mère du bout des doigts tout en proférant un courte phrase que je ne compris pas: madame Apolonus eut l'air de quelqu'un qui, ayant reçu une décharge électrique, cherche à retrouver son souffle.

«Le reste, à quoi bon vous le conter? Sachez que Man-Tune s'occupa de Ninie et de moi comme si nous étions ses propres enfants. Elle me soignait avec des potions et des poudres, son dévouement était touchant. Sachez aussi que j'ai mis des mois et des mois à me remettre — et encore, ne suis-je pas tout à fait guérie. Un beau jour, s'asseyant à la place que vous occupez, Man-Tune m'expliqua. C'était terrible, terrible... Deux ans s'écoulèrent, et tout se précipita: la vengeance du ciel, vous comprenez? Toute la famille d'Elécèbre succomba en l'espace de trois mois — son père disparu en mer, sa mère rendit l'âme après avoir mangé du poisson. Son frère cadet et ses deux sœurs eurent le corps broyé dans un accident d'automobile. Quant à sa nouvelle «épouse» et à son petit garçon, ils périrent dans l'incendie de la maison. Elécèbre leur survécut quelque temps. Et savez-vous comment il est mort, mon ex-mari que j'adorais pourtant?... Comme un chien: tombé dans un fossé, la bouche ouverte dans l'eau saumâtre. Alcoolique, il était devenu. Voilà. A présent, je ne suis ni vivante ni morte, et j'appartiens à Ti-Baume. C'est ainsi, personne n'y peut rien. Mais quand je me serai attablé en compagnie du Maître, Ninie devra quitter cet endroit: c'est dit ainsi. Elle se mariera, son mariage sera le prix du pardon et de l'oubli: est-ce que vous comprenez... ?»

D'instinct, le Père sut qu'il était en présence du mystère d'entre les mystères — du Mal. Il ne pouvait douter, lui l'homme évolué et le prêtre: avec le hameau, tout le village était l'antre du Diable. Il se contint cependant et se leva. Il enleva son scapulaire et le passa autour du cou d'Eve qui le remercia d'un sourire furtif. Puis, le cœur rempli de compassion car il sentait qu'il ne reverrait plus cette pauvre femme, il traça dans l'air le signe de la Croix: *In nomine patris*...

A son retour, il se jeta à genoux sur son prie-Dieu et pria la nuit et le jour suivant avec ferveur. Pour l'âme damnée de tous ces malheureux et pour leur rédemption.

De ce jour, le Père Debreuil ne remonta plus à Ti-Baume: sa volonté en était empêchée. Mais il priait tous les jours. Pour ses malheureuses ouailles. Pour Eve et Ninie. Et il suppliait le Tout-Puissant de pardonner, d'étendre Sa main miséricordieuse sur la pauvre mère et l'enfant.

*   *

Une nouvelle année s'était écoulée.

C'était la nuit de Noël. Les cloches de Clugny sonnaient à toute volée, les sons cristallins et joyeux montaient jusqu'à Ti-Baume. Les vieilles du hameau prêtaient l'oreille et ricanaient, leurs bouches mauvaises déformées par un rictus. Il avait beau les convier à son église, le bon Père, les âmes de ses paroissiens appartenaient au Maître, le Prince des Lumières. A jamais.

Ce soir-là, Eve avait longtemps parlé. Ninie s'était endormie, agenouillée à côté de son lit. La tête nichée au creux de son bras replié, ses cheveux d'or luisaient à la lueur de la lampe.

Sa mère caressa tendrement la joue offerte. Elle ferma les yeux, songeant à son enfance à elle, aux pins dont elle aimait le parfum et au sable chaud dans lequel elle aimait se rouler en compagnie de ses cousins. Un bruit léger dans la chambre la fit sursauter. Man-Tune était là, à ses pieds, la peau couleur bronze, les cheveux blancs soigneusement tressés, qui la regardait avec tendresse. Son visage, ses yeux étaient de pierre.

La vieille fit «oui» en branlant lentement la tête. Eve, l'air d'interrogation, les doigts tendus montra l'enfant qui dormait. Man-Tune refit le même geste, cette fois avec un sourire dans les yeux. Elle s'approcha, leva doucement la main droite, une main décharnée aux veines gonflées, et doucement la posa sur le front découvert. A cet instant, les cloches se turent, un souffle léger entra, et l'âme d'Eve, avec un soupir, prit son envol vers la lumière.

Le Père Debreuil recueillit l'enfant et la confia aux bons soins des religieuses du Carmel, à Basse-Terre. Il mourut deux ans plus tard, victime d'une maladie de foie. Théonime grandit. Jeune fille pieuse et sage, sa beauté solaire confondait ceux qui l'approchaient. Un jour, elle avait quinze ans, lors d'une grand-messe chantée ses yeux croisèrent ceux d'un beau jeune homme qui la dévorait des yeux. Il s'appelait Alexandre La Percherie et était fils unique de riches Créoles. Elle lui sourit et, sur-le-champ, Alexandre en tomba amoureux. Le lendemain, il se noyait au cours d'une partie de pêche sous-marine. Six mois après, le chemin de Théonime croisa celui d'un gaillard de vingt et un ans, un métis aux cheveux d'or tout pareils aux siens: Atimos. Théonime lui parla et le cœur du métis s'enflamma. Le jour même, Atimos se tuait dans un accident d'automobile.

Et ainsi, par deux fois encore, une rencontre, un sourire, la passion qui s'éveillait et la mort qui foudroyait.

Théonime s'en émut: pourquoi, à chaque fois que son cœur parlait, l'élu mourait de mort violente? Elle s'en ouvrit à son confesseur, un vieil abbé très savant qui avait fort bien connu son protecteur.

«La réponse, mon enfant, dit-il doucement, est que ton âme appartient au Seigneur Tout-Puissant... Ne porte ton regard que sur Lui. Telle doit être ta voie.»

C'est ainsi que Théonime — «Eau de Beauté de Dieu...» — la très belle et charmante fille d'Eve et d'Elécèbre — «l'Herbe de Séduction...» —, par un très beau dimanche de mai épousa Notre Sauveur dans la cathédrale en fête de Basse-Terre.

Sœur Marie-Thérèse de l'Enfant-Jésus mourut en odeur de sainteté au Carmel le 16 avril 1965. Elle n'avait que trente-deux ans.

La veille de sa mort, un peu avant minuit le feu se déclara dans une case de Ti-Baume. Poussées par le vent puissant de nord-est, les flammes se propagèrent à la vitesse de l'éclair. La douzaine de vieillardes qui y vivaient encore périrent asphyxiées dans leur sommeil.

Du petit hameau, il ne resta plus rien — ni cases, ni poutres, ni ustensiles de ménage. Rien qu'un peu de terre brûlée et de la cendre noire que les pluies d'hivernage, année après année, emportaient.

De nos jours, dans le charmant bourg de Clugny, au bord de la mer Caraïbe, allez et interrogez les habitants: personne ne se souvient ni de Ti-Baume, ni du Père Debreuil, ni d'une quelconque famille Apolonus…

LA SEPTIÈME VAGUE

ou

LA MÉTAMORPHOSE DU MICRASTER

Il était une fois, un jeune micraster qui s'appelait Jîl. Oursin familier des Abysses, il vivait avec les siens quelque part dans le Grand Océan qui, tel un épais manteau céladon, recouvre la Planète Bleue. Comme tous ceux de sa race, celle des grands Echinins des profondeurs, Jîl adore les voyages et les horizons lointains. Ses petits yeux gris vert coupés en oblique dotés d'un regard perçant, Jîl, par les nuits sans lune, abandonne ses compagnons pour s'en aller admirer les étoiles du firmament et rêver à ces milliers de petites lumières qui, tout là-bas dans les Hautes Terres, scintillent et clignotent, appels joyeux et tellement tentants!

Mais oursin, comment songer à quitter l'onde fraîche pour parcourir ce vaste univers? Certes, grâce à ses nombreux quoique très petits pieds, Jîl se déplace dans l'eau avec agilité. Et, au temps des hautes marées, combien n'a-t-il pas folâtré avec ses gentils compagnons, le globe jaune leur souriant dans la nuit, porté par les lames nonchalantes, jusques et tout au bord du Monde Mystérieux?

Ah, le Monde Mystérieux… Quelle fascination n'exerce-t-il pas sur leurs jeunes imaginations! Hélas — les Anciens l'ont si souvent répété —, les Hautes Terres sont interdites à tous les Echinins. S'y risquer serait courir au-devant de la souffrance et de la mort.

Alors Jîl soupire et, à l'heure où la mer se colore de rose et de pourpre, il regagne les profondeurs complices.

Quand, par une belle nuit d'été, alors que le jeune micraster s'ébattait, solitaire, se laissant porter par les longs rubans fleuris de la mer des Sargasses, soudain une ombre gigantesque le recouvre qui le fait tressaillir.

Tiré par quatre dauphins, un char resplendissant se tient devant lui. Tenant les rênes d'une main, un être étrange à la chevelure d'algues dorées le contemple sans ciller. Sa barbe est de neige, son regard est altier et sa tête est couronnée de feu. A son front brille une étoile plus brillante que toutes les étoiles du firmament, et dans ses yeux fulgurent des étincelles d'acier.

Effrayé, Jîl reconnaît Nô-o, le dieu de la Mer.

«Que fais-tu ici, jeune écervelé? questionne le maître des Eaux d'une voix caverneuse. Ignores-tu que ce séjour des Sargasses à tous ceux des tiens est interdit? Réponds!»

A ces mots, en tremblant et tâchant de se faire tout petit — mais comment y parvenir quand on est prisonnier d'une coquille calcaire? — Jîl répond d'une voix tout émue: «Rien, rien, monseigneur. Je... je m'amuse et... (il s'efforce d'affermir son ton) j'aime tant ce lieu d'où je puis contempler les Hautes Terres où sont tant de merveilles. Est-ce donc si mal, Sire?» Ce disant, sa voix se brise et une larme, une grosse larme brûlante chargée de mille désirs et de regrets infinis, jaillit de sa paupière et roule sur son test rugueux.

Ce que voyant, le roi des Mers se radoucit. D'un timbre où pointe l'amusement, il dit:

«*M'm*, je vois. Je suis à la recherche d'Iyannis, ma baleine apprivoisée: l'aurais-tu par hasard rencontrée? Elle est noire et blanche, et sa voix porte à mille coudées. *Hum, hum* (il se

194

racle la gorge), je comprends bien: tu ne l'as ni vue ni entendue, car tu es l'un de ces éternels rêveurs, hein?» Pensif, Nô-o
se gratte la barbe et poursuit:

«Dis-moi, jeune micraster, tu veux vraiment y aller, là (le
dieu montre les Hautes Terres de son index tendu) et goûter
aux terrestres saveurs — c'est bien ça?

— Oh oui, Seigneur, oui...»

Il en défaille de bonheur, le petit. Aller là-bas, dans le
Monde Mystérieux: comme ce serait merveilleux! Ah, pouvoir m'allonger sur le sable doré, sentir sur mon corps les
douces caresses du vent, humer les parfums des bois et
côtoyer les créatures bipèdes... Moi, moi! Oh, quel bonheur,
quel suprême bonheur, se disait Jîl à qui la joie ôtait toute
timidité.

«Eh bien, monsieur le Curieux, qu'il en soit donc fait
selon votre désir. Mais écoute-moi! Sais-tu que ce monde-là
peut être pervers, cruel et très méchant? Sais-tu qu'il n'y a là-
bas ni pitié ni équité? C'est la Jungle et les Abysses réunies.
Y règne la loi du plus fort, et y périt le plus faible — le sais-
tu? Et sais-tu aussi ce qui t'attend si tu t'obstines à le vouloir
visiter?

— ...

— C'est bon (il soupire): tant pis ou tant mieux pour toi,
micraster. Je t'accorde deux jours, jeune Jîl, deux jours et pas
un de plus. Le temps pour toi d'écouter battre le cœur du
Monde Solide, de sillonner ses routes et de visiter ses vil-
lages ainsi que de goûter à ses nourritures. Le temps aussi
d'y approcher les êtres qui le peuplent et... de beaucoup
d'autres choses, de toutes celles qui y sont et qui du Monde
Solide font la renommée. — En un mot, sois à ton tour un
être *humain*.»

Effleurant le micraster de son trident tressé de cils d'anémones et de filaments de méduses, non sans maugréer dans sa barbe, le dieu dit: «Que cela soit!»

Et cela fut. Instantanément métamorphosé en un élégant et robuste jeune homme de vingt ans, Jîl se retrouva debout sur la terre ferme, ouvrant grand les yeux, ébloui, étonné et ravi.

*   *

Le séjour de Jîl dans les Hautes Terres ne pouvait excéder deux jours. «Si tu n'es pas rendu sur le rivage à l'aube du troisième jour, l'avait prévenu Nô-o, bien avant que dans le ciel l'astre d'or n'étende ses premiers rayons et que dans mon royaume naisse la Septième vague, alors tu mourras! Telle est ma loi.»

Et Jîl ne voulait pas mourir. «Mais comment faire en si peu de temps pour goûter à tous les plaisirs de la terre?» se demandait le jeune homme tout en marchant au milieu de la chaussée. Comme il s'interrogeait, un véhicule s'arrête à sa hauteur et une tête se penche à la portière. Les yeux de l'humain ont la couleur du ciel et sa chevelure est longue et soyeuse. « Qui es-tu?... Visiter?... Où vas-tu?... Tu ne sais pas? Allons, monte, je t'emmène. Mon nom est Joan, on m'appelle Nzigi.» La voix est légère, le ton prenant. Jîl répond à l'invitation et monte dans la voiture.

C'est ainsi que, pour Jîl et Nzigi, tout commença.

Ensemble, ils parcoururent les lieux. Ils escaladèrent les collines, ils se baignèrent dans les rivières et ils s'allongèrent sur le sable brûlant. Et la mer les berça, longtemps, chantant pour eux seuls sa complainte des récifs et des fonds.

Lorsque, pour la seconde fois, la nuit les surprit, il n'était d'eux plus rien d'inconnu. Emerveillé, Jîl s'apercevait que toutes les richesses de la terre, tous les parfums, les gemmes et les couleurs, les bois et les cascades, toutes les beautés et les saveurs peuvent se trouver réunies dans le creux d'une seule main.

Mais déjà le chant du coq a retenti: pour celui à qui le dieu a prêté l'apparence humaine, il est grand temps de partir. Jîl ouvre les yeux. A ses côtés, paisible, Nzigi sommeille; et sur ses lèvres entrouvertes fleurit encore, dans un sourire qui est celui du bonheur, le mot «amour».

Brusquement, le cœur de Jîl se serre et sa poitrine le brûle, atrocement. «Jîl... Jîl... C'est l'heure. Vite, accours!» lui murmure la brise chargée d'effluves marins. Cette voix...? Mais c'est l'appel de ses frères que les flots ont confié au zéphir!

Sans bruit, Jîl se lève. Un dernier et langoureux regard d'adieu à la forme endormie, et il s'élance vers le rivage.

«Vite, vite...» le presse la brise.

Déjà, à l'horizon, assis sur son trône d'argent, majestueux et imposant, Nô-o brandit son terrible trident. Le ciel est pâle, et bientôt les nuages vont rosir de la lueur des premiers rayons.

«Jîl! Jîl! Attends... Où vas-tu? Attends-moi, je t'en prie...»

Jîl se retourne, et ralentit: derrière lui, criant son nom, Nzigi, sa chevelure flottant dans le vent, accourt en trébuchant.

Jîl s'arrête; il hésite, se retourne, hésite encore... Dans l'onde, la Septième vague, la plus grosse, est née et a grandi. Elle gronde furieusement et s'approche en un galop tumultueux.

VROM... Les galets gémissent sous le choc de la vague éclatée.

«Oh, Nzigi!

— Jîl...»

*   *

Sur le rivage où vient mourir le flot, là-bas dans une île lointaine, gît, toute blanche et solitaire au milieu des coraux, la dépouille calcaire d'un micraster des eaux.

Enfants qui passez, doucement le ramassez: coquille fragile que l'arrêt du dieu a frappée (car les dieux ignorent la pitié), il ne veut, pour toute étreinte, que vos caresses et cent de vos tendres baisers.

**A la croisée des signes et des chemins,
à mes amis, ceux que j'aime...**

Une histoire bien romantique, le p'tit loup de la mer.

Ces jours que j'ai vécus, Maryse, Heidi; A... et D...

Les Bûcherons, le maître de Boxozelles.

Pour l'amour de Lucinda, Jürg et Marie-Anne.

Le Naufrageur, planteurs et pirates des Epices.

Une soirée à Woodland Manor, Lady W... et Diana,
Jean-Pierre.

Le nombre d'or, le troisième cercle.

Ailleurs, un monde, Marie-Josée, Hélène, Chantal.

La septième vague, Eva.

INDEX

Achevé d'imprimer
sur les presses de l'Imprimerie
ATAR S.A., Genève
en septembre 1994